Henri GIRARD

Les secrets du Club des Six

roman

© éditions de la Rémanence, 2017

Couverture et mise en pages : www.mapicha.fr

ISBN 979-10-93552-49-1

À Enid Blyton

« Tu dis ton secret à ton ami,
mais ton ami a un ami aussi. »
Proverbe turc
La Turquie en proverbes, 1905

1

Nous sommes au début des années soixante, peu de temps après l'instauration du nouveau franc qui, ici, au village, croupirait de longues années en quarantaine au fond des gorges avant de détrôner l'ancien dans les conversations.

Presque entièrement reconstruit sur son emplacement d'origine, le centre du bourg ne conservait de son passé d'avant-guerre qu'une église romane rafistolée. Les maisons, accolées les unes aux autres, uniformément rebâties en pierre du pays extraite des carrières voisines, n'hébergeaient guère plus qu'une grosse centaine d'âmes.

Les fermes alentour, serties de hauts murs, avaient échappé aux bombardements alliés. Essaimées dans un paysage où les champs cultivés côtoyaient les prés en herbe, ces larges bâtisses faisaient corps avec une campagne qui se transformait en une jachère sablonneuse à mesure qu'on approchait de la mer.

À l'exception de la trouée vers la côte, une forêt circulaire enchâssait le village, ses terres, ses hommes, ses bêtes, et formait une frontière naturelle d'au moins cinq kilomètres d'épaisseur. On l'appelait la Tonsure tant il ressortait que, vus du ciel, le village et sa couronne boisée suggéraient un crâne de curé tonsuré.

La légende locale racontait que jadis, un moinillon frondeur et grand buveur, en bisbille avec son évêque, avait été chassé par le prélat au fin fond de la forêt, compacte à l'époque. Il reçut l'ordre, pour rémission de ses excès, de couper du bois pour les pauvres jusqu'à la fin de sa vie. Ce qu'il avait fait avec acharnement et humour : la Tonsure en attestait.

C'était un paysage destiné à héberger des âmes étranges et des événements singuliers, tatoués de solitude et d'enfermement.

*

Le soleil cognait, l'air manquait. Le goudron collait les gravillons à la route.

Le chuintement des pneus d'un vélo conduit par un paysan en casquette partant couper un rare carré d'herbe encore debout, une lame de faux sur son porte-bagages, rompit la pesante quiétude de ces dernières journées de juin.

Dans la cour de l'unique magasin-bistrot du village, Constantin le Roumain, l'épicier, brun de poils, tignasse drue, sourcils broussailleux et moustache de cosaque, avait retroussé ses manches de chemise. Il regarda passer le cycliste. Puis, il continua à enfiler des bouteilles vides sur les pointes de son if après les avoir mises à tremper dans une bassine en fer et nettoyées de quelques coups d'écouvillon. Son travail terminé, il revint vers sa boutique et s'accorda un moment de répit sur le pas de sa porte. Il s'épongea le front. Une discrète agitation de l'autre côté du carrefour éveilla son attention.

Sur le trottoir, François Labasle venait de se jucher sur une malle. Du haut de son perchoir, il regardait le tas de cartons à ses pieds. Sans entrain, il sortit deux calots en acier de la poche de son short, laissant échapper un profond soupir.

Il sauta par terre, soupira de nouveau et fit rouler les grosses billes dans le creux de sa paume. Ses yeux étudièrent la topographie du caniveau. Il avança de deux pas pour éviter le piège de la bouche d'égout. Encore un soupir. Après un coup d'œil alentour, il se décida à jouer seul.

François Labasle représentait le genre d'enfant qu'on pouvait détester dès le premier contact : un jeune blanc-bec, suffisant, arrogant, prétentieux, probablement gâté par sa famille, nécessairement des petits bourgeois parvenus. Rien qu'à l'entrapercevoir, on ressentait déjà l'envie de le gifler.

La réaction n'était pas du tout la même concernant Michel. D'ailleurs, le voilà, surgi en catimini et observant François.

« Tu joues avec allonge ? »

François se retourna vers le garçon qui venait de l'interpeller. Tout à sa partie, il ne l'avait pas entendu arriver.

Michel, le cheveu en bataille, la mine poisseuse, léchait un roudoudou avec application.

Ce bonbon faisait florès à l'époque. On l'achetait cent sous chez le Roumain. Il s'agissait d'une sucrerie coulée dans un coquillage. En matière de confiserie, peu de choix était offert : Malabar, Carambar, chewing-gum gagnant… et roudoudou. Michel reprit :

« Ici… – il réfléchit le temps d'un coup de langue – … ici on n'a pas le droit à l'allonge. »

Il se dandinait. Il portait une vieille culotte courte trop longue, une chemisette délavée, rapiécée et mal boutonnée, ses pieds nageaient dans des bottes trop larges.

« Pourquoi ? demanda François avec un froncement de sourcils.

— Parce que », répondit Michel, le front légèrement plissé.

Ils se tenaient face à face. François, plus grand d'une demi-tête, aussi blond que l'autre était brun, toisa Michel quelques instants.

Deux minutes de silence s'ensuivirent.

«T'es d'ici? questionna François en s'appliquant pour une nouvelle visée.

— D'une ferme à côté. »

Michel, tout en surveillant la course de la bille, tendait machinalement la main en direction de la campagne.

«Raté! observa-t-il. Remarque, moi aussi, je manquerais une vache dans un couloir. »

François ne sourit pas à la plaisanterie.

«Ttt, ttt. Y'a personne en ville? demanda-t-il en enfouissant rapidement ses calots dans sa poche.

— En ville? s'étonna Michel.

— Ben oui, ici! répliqua François, un peu énervé.

— Dans le bourg? Oh! Pas grand monde. Ils aident aux foins.

— À quoi?

— Ben, ils fanent. »

François leva les yeux au ciel, puis passa à une seconde question :

«Y'a d'autres enfants?

— Un peu. Mais ils fanent aussi.

— Et toi?

— Ben… je fane pas. »

Ce fut immédiat, irrémédiable. François n'allait faire qu'une bouchée de Michel. Celui-ci, le sauvageon, le petit paysan, on l'aimait instantanément – sans doute par compassion envers les moins gâtés par le sort, probablement parce qu'il provoquait l'émotion dans son costume d'épouvantail à moineaux, vraisemblablement pour son naturel qui perçait sous son embarras face au jeune prétentieux.

*

Michel et François s'activèrent sur le trottoir. En moins d'un quart d'heure, ils découpèrent et façonnèrent deux immenses cartons, transformés en voitures de course. L'ouvrage prit forme sous la ferme autorité de François – autoproclamé ingénieur –, grâce à l'habileté de Michel, intronisé mécanicien par François, et qui mangeait bel et bien dans sa main.

François gagna les cinq premières manches. Constantin le Roumain, qui observait toujours les deux garçons, s'était amusé à les compter, ces manches. Le comportement de François l'horripilait.

Michel, subjugué par le génie affairé du nouveau, se noyait sous ses ordres. Il ne comprenait pas pourquoi il était à tout coup déclaré battu par son rival, à la fois pilote et commentateur de l'épreuve, alors qu'il avait pris place derrière le volant d'un carton situé rigoureusement sur la même ligne que celui de François. Celui-ci, remarquant – quand même – la naissance d'un Rimmel de cambouis perlant aux paupières de son mécano, consentit à proposer un changement de bolide. Michel, aux anges, se vit proclamé vainqueur, mais sur l'engin de François. Le tyranneau recelait un reliquat de compassion.

Voilà Michel consolé, ne fût-ce que par ce modeste réconfort comparé à la jubilation de François.

Constantin le Roumain, amusé, pensa : « Quelle tête de pioche, le fils de la nouvelle instit ! »

2

À l'intérieur de sa nouvelle demeure, Maryse Labasle se faisait un peu de mouron. Le confiturier destiné au salon s'avérait un tantinet trop profond. Elle regretta un instant de ne pas lui avoir préféré la desserte en merisier, certes beaucoup plus large, mais ici moins gênante et qui aurait davantage convenu à la configuration de la pièce.

Les déménageurs avaient déposé les meubles sous sa dictée, ponctuée de conseils raffinés sur l'harmonie des formes et des espaces. Les gros bras l'avaient écoutée avec patience et amusement, même s'ils durent valser de longues minutes aux quatre coins de la salle à manger avec une armoire.

«Tant pis», murmura-t-elle en croisant les mains au-dessus de sa tête, les yeux fermés pour mieux imaginer son tout récent foyer. Elle se figea quelques instants dans cette posture puis, comme si ses réflexions prenaient un tour urgent, marmonna trois «hmm», vérifia l'heure à la pendule de bronze encore par terre et monta à l'étage.

Maryse quitta ses habits poussiéreux, se glissa sous la douche, un luxe dans sa résidence de fonction particulièrement confortable pour l'époque. L'eau ruissela sur son corps dont elle regrettait les hanches un peu fortes, d'où sa préférence pour les vêtements amples.

Elle revint dans sa chambre, se changea. Elle jeta un regard par la fenêtre. François jouait avec un garçon noiraud de poil et un peu crasseux à son goût. En dépit de ce désagrément, Maryse y vit le signe que son fils pouvait lui aussi recommencer sa vie sous d'autres cieux. Elle serra les poings.

∗

Michel n'eut pas à attendre longtemps avant d'être convié à une première visite dans la maison de François.

Il s'y glissa comme on pénètre dans un lieu saint, impressionné, intimidé, gêné par ses bottes.

Maryse l'accueillit en lui caressant les cheveux. Par réflexe, Michel recula d'un pas en se protégeant la joue. Après s'être frotté la main sur sa culotte en velours fripé, il la tendit à la femme légèrement fardée qui sentait bon. Elle l'embrassa en lui cueillant le menton dans ses paumes.

« Quel âge as-tu ? » demanda-t-elle.

La glotte de l'enfant se coinça un peu.

« Bientôt dix.

— Comme François alors ?

— Ah bon.

— Tu habites au village ?

— Ben oui, mais à côté.

— Qu'est-ce qu'ils font tes parents ? Comment t'appelles-tu ?

— Mon père fait… Je m'appelle Michel Côtel. Lui, mon père, c'est Victor. Il fait des journées chez les autres.

— Et ta maman ? »

Michel haussa les épaules.

« Ben… Elle s'appelle Adrienne.

— C'est très aimable de ta part de tenir compagnie à François. J'espère que vous vous entendrez bien. »

*

Le séjour de Michel s'avéra aussi enchanteur que l'accueil avait été doux. Sous l'œil amusé de Maryse, il prit soin de tout regarder : les oiseaux exotiques crayonnés au fusain dans les cadres en voie d'être accrochés aux murs du couloir, les chaussons déjà rangés sous l'escalier, le porte-parapluies, le pick-up posé sur une tablette recouverte d'un napperon brodé. Il ne pipait mot, immobile devant la collection de disques empilés dans deux grands cartons.

«Tu veux en écouter ?»

Le béjaune faisait dans la surenchère. Prodigue en esbroufe, il en rajoutait :

«Qu'est-ce que tu préfères ? Richard Anthony, Claude François, Franck Alamo ? À moins que t'aimes mieux des trucs de vieux ? André Claveau, Patachou, Petula Clarck ? C'est à ma mère ceux-là. Alors ?»

Michel n'osa pas avouer qu'il n'y connaissait rien. Maryse coupa court à son embarras :

«François, emmène-le plutôt jouer dans ta chambre. Elle est à peu près rangée. Vous aurez tout le temps d'écouter des disques plus tard.»

Les deux garçons se déchaussèrent, montèrent l'escalier, glissèrent sur le parquet du palier jusqu'à la chambre de François. Michel se figea à l'entrée. Son regard ricocha du vaste lit, recouvert d'un édredon vert pomme, à la table de nuit, puis de la lampe de chevet – un globe posé sur la truffe d'une otarie en bronze –, à la grue Mécano installée par terre, pour enfin s'arrêter sur l'armoire emplie de jeux, de jouets, de livres. Il aurait aimé toucher à tout, en même temps. Il enviait François et son air de propriétaire.

«C'est à toi… tout seul?

— Et encore, j'ai pas tout ramené, on en a donné avant de partir», balança le petit crâneur.

Michel s'agenouilla pour caresser la grue pendant que le jeune vaniteux se hissait sur la pointe des pieds pour attraper une guitare au-dessus de l'armoire.

«Tu sais en jouer? demanda-t-il à Michel.

— T'es fou! Tu sais toi?

— Un peu.

— Vas-y.»

François se concentra sur sa main gauche, pinça deux accords.

«C'est le début de *J'entends siffler le train*, tu connais?»

Mais Michel ne l'écoutait pas. Il ne pouvait résister à l'envie d'actionner la manivelle de la grue. Le fil s'enroulait et, au bout du crochet, une R8 Major agrippée par le pare-chocs se balançait.

Michel, grand expert en voitures, se passionnait pour la mécanique. Diable que la R8 avait de la reprise! Et que dire du modèle Gordini pour les rallyes et les courses de côte! La Gordini, bleue avec deux bandes blanches de part et d'autre de la carrosserie : un bijou. Le seul hic résidait dans le fait que la R8, tout comme la Dauphine, et avant elles la 4 CV, toutes trois moteur à l'arrière, était un peu légère de l'avant. L'astuce, l'antidote à ce défaut, consistait à lester le coffre d'un sac de sable ou de quelques parpaings. Michel savait tout cela, mais il se tut.

À l'heure du goûter, Maryse les appela. Assis dans le salon, tout à son chocolat, Michel se demanda d'où pouvait provenir le bruit qu'il entendait. On parlait non loin de lui, on riait plutôt, peut-être criait-on. Lorsqu'enfin ses yeux dépassèrent le bol, il identifia la source sonore : rectangulaire, posée sur une maie en chêne, bordée d'une série de molettes, estampillée Ribet-Desjardins. Face à lui, pour de vrai, un Auguste et un clown blanc s'envoyaient des tartes à la crème dans la figure.

« Tu as vu, François ? J'ai branché la télévision. Et elle fonctionne ! annonça Maryse. Vous pourrez regarder *Rintintin*. »

Michel ouvrit grand ses quinquets.

François l'observait avec un brin d'attendrissement.

Un brin.

3

La demeure des Côtel se trouvait à trois kilomètres du bourg, au lieu-dit La Bordelière. Une simple bicoque au toit d'ardoises moussues, sur laquelle s'appuyaient un appentis d'un côté et une étable de l'autre. Elle s'élevait au milieu d'un océan d'herbes en friche planté de pommiers infestés par le gui. Derrière la baraque : un jardinet bordé d'une clôture de barbelés distendus ; devant elle : une cour caillouteuse où picoraient de maigres volailles. Çà et là des outils traînaient.

« Va rentrer les bêtes. Attention à la Grise qu'elle arrive à suivre avec sa patte folle. »

Michel n'écoutait pas sa mère. Il prélevait des morceaux de mie un peu rassise dans le pain de six livres et les roulait entre ses doigts avant de les gober.

« Joue pas avec la nourriture et va rentrer les bêtes, j'te dis ! Prends la baguette dans l'appentis. Ton père revient bientôt et tu sais qu'il aime pas que le travail soit pas fait ! ajouta la mère. Tu m'entends, maudit coquin ? »

Michel, habitué à la menace, se moucha de la manche, l'essuya sur le rebord de la table, chassa au passage une poule perchée sur un banc.

Adrienne se replongea dans l'épluchage de petits pois. Assise auprès de la fenêtre, jambes écartées pour ménager avec son tablier de grosse toile noire un réceptacle aux légumes libérés de leur cosse, elle se ridait aux rais d'un soleil légèrement orangé.

Michel s'attaqua alors à la croûte du pain. Son envie de parler le démangeait.

« J'ai rencontré un nouveau. Ils ont la télé… »

Sa mère leva les mains au ciel, sans tourner la tête.

« Si tu prends une claque, tu l'auras voulue ! La télé, la télé ! On n'a même pas le courant… Causes-y donc à ton père, tu verras ce qu'il en pense ! »

Michel insista :

« Je pourrai aller jouer chez lui. Sa mère m'a autorisé. Elle nous fera l'école.

— Et son père, qu'est-ce qu'il fait ? La télé, puis quoi encore ? Hein, qu'est-ce qu'il fait son père ?

— Il en a pas.

— Il est défunt ?

— Non, il en a pas.

— Enfin, c'est pas possible ! C'est des racontars ! »

Elle se retourna vers Michel, prit un ton fataliste :

« On a toujours un père… toujours… »

Michel s'approcha de sa mère, lui mit l'index devant les yeux.

« Regarde mon doigt. »

Adrienne loucha sur l'index. Michel, profitant de la diversion, chaparda en riant une poignée de pois de son autre main.

Leur intimité, jamais très franche, passait par de petits jeux qui lui conféraient ainsi l'opportunité de se manifester.

« Maudit voleur ! Vas-tu me dire enfin ce qu'il fait cet homme ?

— Il habite dans le Sud, mais c'est plus son papa à François.

— Eh ben… Eh ben… Reste à prier l'Bon Dieu que ça gênera pas pour l'école… Allez, file ! Les bêtes ! Ton père ! »

Michel laissa l'empreinte de ses bottes dans la terre battue de la salle commune.

*

Adrienne Côtel côtoyait la vieillesse. Fille, petite-fille, arrière-petite-fille de tâcheron, elle-même occupée aux travaux de la ferme depuis ses douze ans, elle avait marié Victor à l'âge où ses camarades d'école devenaient grand-mères. Ses noces l'avaient jetée dans le lit d'un célibataire de dix ans son aîné. Michel était sorti d'une mère déjà vieille, à la lueur des bougies, fessé par Nourrice, la spécialiste du coin. Certaines mauvaises langues prétendaient qu'en d'autres occasions, elle savait aussi « faire des anges ».

Adrienne, enfant de la calamité, avait hérité de celle-ci l'humilité et la résignation, deux cadeaux empoisonnés que le malheur offre parfois à ceux qu'il martyrise. Ainsi chacun reste à sa place. Surtout Adrienne.

Elle acheva sa corvée de pluches, bricola son maigre chignon par réflexe, tira sur son tablier, jeta les légumes dans le fait-tout. Au fond du plant de pommiers, dans le champ du haut, elle aperçut son fils qui rameutait les quatre vaches. La Grise béquillait à distance, mordillée par Lechien – ainsi nommé –, un corniaud efflanqué plus très jeune au pelage fauve et ras.

*

Victor Côtel se planta dans l'encadrement de la porte d'entrée, offrant son maigre profil à la lumière. Petit, pâlot et sec, il nageait dans ses frusques de toile bleue râpée. Il grommela en réclamant sa soupe, s'assit. Adrienne lui en servit une pleine assiette et attendit la remarque.

« Elle est trop chaude ! » maugréa-t-il avant de l'avoir goûtée.

Victor jeta son béret sur la table, découvrant un front blanchâtre parsemé de taches brunes.

«Où qu'est ton gars? grogna-t-il.

— Aux bêtes. La Grise est longue à rentrer. Elle a dû attraper un caillou.

— Manquerait qu'elle crève celle-là! Manquerait… Tu peux pas faire de la soupe moins chaude? Pas étonnant que les vaches boitent. Si tu les soignes aussi mal que tu cuis les repas!

— Sois pas dur…

— C'est moi qui dis!»

Il fixa rudement sa femme. Adrienne n'insista pas.

«C'est toi qui dis… concéda-t-elle.

— Encore heureux!»

Il se tut, ajouta du sel et du poivre à son potage.

«Ça doit sûrement être fade. Tu sais où il était ton gars?

— Non, mentit Adrienne.

— Chez la nouvelle maîtresse. Il a été vu. Une garce d'après ce qu'on en raconte. Elle est en divorce, c'est bien la preuve, non?»

Adrienne se tenait debout près de la fenêtre. Un fond de sac d'engrais y remplaçait un carreau.

«Elle était peut-être mal mariée?

— C'est pas un motif. Le mariage, c'est pas pour faire du bonheur. Ça serait trop simple. La vie: c'est pas de la rigolade, faut pas croire. Et les petiots? Sans père, qu'est-ce que tu veux qu'ils deviennent, les petiots?

— Bien sûr, c'est pas simple… Mais elle a sans doute de bonnes raisons…

— En tout cas, pas question que Michel y mette les pieds. C'est pas notre monde. Faudra lui dire.»

Il se pencha sur son assiette, avala une cuillerée de potage, les coudes écartés sur la table. Il reprit :

« Faudra lui dire. Chacun chez soi. T'as compris ? »

Victor ne savait pas parler à son fils. Ou n'osait pas. Il laissait ce soin à sa femme qui lui servait de truchement.

En fait, Victor ne savait parler à personne, ou presque. Adrienne remit la soupe à chauffer sur la cuisinière à bois en poussant la lessiveuse dont elle souleva le couvercle pour touiller un linge bouillant. La vapeur d'eau montait jusqu'aux solives du plafond.

Michel, précédé par Lechien, fit irruption dans la maison, se glissa sur le banc à l'opposé de son père, lui lança un regard pour détecter son humeur. Ne la trouvant ni trop alcoolisée, ni particulièrement irritée, tout juste un peu bougonne donc supportable, il ajusta son assiette, son verre et ses couverts puis invita presque joyeusement sa mère à le servir.

Le repas se poursuivit en silence, chaque dîneur installé sur un des côtés de la table rectangulaire protégée par une toile cirée aux carreaux presque effacés.

Michel ne tarda pas à rêver, la cuiller en suspens devant la bouche. Dans la boîte à images sur le meuble, un gros chien-loup tente de rattraper une cohorte de Comanches gesticulant sur leurs pur-sang lancés au galop. Le garçon se débat malgré la menace du tomawak, ballotté entre les jambes d'un ravisseur peinturluré. Il s'appelle Rusty. Il a du cran. Il bourre les côtes de l'Indien de coups de coude en criant. Dans la poussière soulevée par les fuyards, l'escadron trotte dans un ordre impeccable, au son du clairon, derrière l'oriflamme. Le lieutenant Masters donne ses consignes calmement au sergent O'Hara qui les répercute au caporal. Maintenant, le chien colle aux mollets du dernier cheval de la bande d'Indiens. Rusty l'encourage : *You-hou Rintintin*! L'officier réajuste son chapeau : *Pas de bêtise, laissez faire le chien… de bêtise, laissez faire le chien… bêtise, laissez faire le chien… laissez faire le chien… faire le chien… le chien… le chien… le chien… le chien!*

« Michel!»

Adrienne Côtel tentait de ramener son fils à son assiette sous les yeux ahuris de son père. Michel sursauta, tomba de son cheval la tête la première dans un bouillon de pemmican[1]. Le menton dégoulinant de soupe, il soutint le regard de ses parents, mais sans réellement les voir.

Puis il tapa la tête de Lechien, l'encourageant à le suivre et sortit.

«Tu viens, Rintintin.»

Lechien, rebaptisé, obéit sans se poser de questions.

---

1. Viande séchée, fermentée et pressée dont les Indiens se nourrissaient.

4

Les chromosomes de Marsel-Claude, comme son prénom, devaient avoir été victimes d'une défaillance orthographique. D'apparence plutôt garçonne, nul n'avait de certitude quant à son appartenance à l'un des deux sexes. De ce fait, dans le village, les uns le considéraient comme un garçon, les autres comme une fille. Marsel-Claude, tout comme Nourrice qui l'élevait, vivait dans une petite maison prêtée par la commune.

Marsel-Claude demeurait une énigme. On ignorait de quelle source le mioche était issu. Loin d'être rejeté, mais plutôt observé avec curiosité, il relevait du patrimoine local. Dans le pays, les plus imaginatifs n'hésitaient pas à inventer de pures légendes pour y trouver un lien avec l'origine de l'enfant, moyen admis par tous pour expliquer l'inexplicable. Ainsi, on avait pu entendre que le gosse serait né dans la paume d'une vouivre qu'une vipère de la Tonsure aurait mordue. La rumeur colportait aussi que, le jour de sa naissance, la lune rousse avait irradié son monde d'un éclat malicieux qui eut pour effet d'exagérer l'amplitude des marées. Elle se serait rappelée au bon souvenir des Terriens, non seulement en leur imposant un Sahara sur les plages entre basses et hautes eaux, mais également en picotant les fesses des marmots, marquant à l'occasion Marsel-Claude de son caprice.

Quelques vieilles et vieux regardaient le drôle d'oiseau d'un air entendu, comme s'ils avaient eu vent d'un secret.

Nourrice entretenait le mystère en gardant porte close chez elle. Nul n'y était jamais invité, ce qui contribuait à laisser le champ libre aux supputations les plus folles. Hippopotame à tête de mule, elle calfeutrait ainsi son intimité pour protéger son rejeton de la trop forte curiosité des autres.

*

Hors la maison, Garcille – ainsi surnommait-on Marsel-Claude – se mêlait parfois aux jeux des autres enfants, passant indifféremment d'une séance de dînette en compagnie des fillettes à une partie de drapeau avec les garçons. Le voilà, la voici. Dans sa différence : un presque semblable, un quasi pareil. Comme les autres, ses bras, ses jambes poussèrent sous l'abondance des mêmes averses, ses genoux se couronnèrent sur les cailloux des mêmes chemins, ses peurs naquirent des mêmes bobards, ses zéros de conduite des mêmes bêtises.

L'analogie aurait été complète s'il ne lui avait manqué un détail, comme un bouton de guêtre, un de ces détails indispensables dont on ne sait qu'ils existent que lorsqu'ils font défaut, et dont les villageois ne pouvaient encore prendre conscience.

Lors de sa première rencontre avec François, Marsel-Claude trottinait sur l'accotement devant Nourrice tout essoufflée.

Michel délaissa provisoirement son personnage de Gurt, le fidèle écuyer d'Ivanhoé dont François avait accaparé la bravoure dès la fin du feuilleton télévisé. Le domestique cessa d'étriller le destrier imaginaire de son maître pour apostropher Garcille. Marsel-Claude tendit le cou vers les deux garçons.

«C'est elle! murmura Michel à François.

— Qui ça ? questionna François, chiffonné qu'on le dérangeât juste avant la finale du tournoi contre le Prince Jean.

— Celui qui connaît l'Île aux épines par cœur ! Tu sais, je t'en ai parlé. L'Île aux épines ! En plein cœur de la Tonsure ! »

Depuis plusieurs jours, François et Michel avaient pris le temps d'échanger quelques secrets, de ceux qui provoquaient chez l'autre un brin d'admiration, quitte à mentir un peu pour la forcer.

Michel supportait plutôt bien la domination naissante de François. Il y trouvait largement son compte. En échange de la compagnie docile qu'il offrait à un maître satisfait, il recevait mille compensations jaillies d'un univers enchanté pour la découverte duquel il lui manquait au moins deux paires d'yeux, quatre oreilles et autant de mains.

Leur projet du moment consistait à pénétrer, davantage qu'ils ne l'avaient déjà réussi, les espaces encore inconnus de la Tonsure, l'Amazonie locale, et pourquoi pas jusqu'à cette fichue Île aux épines. D'où leur intérêt immédiat pour le passage de Garcille, dont nul dans le village n'ignorait les talents d'explorateur ou d'aventurière. On affirmait à ce sujet que l'enfant y recherchait ses ancêtres.

François fut impressionné par Nourrice venue s'échouer à côté d'eux.

« Qu'est-ce que vous lui voulez à Garcille ? Pourquoi vous nous regardez comme ça ? » souffla-t-elle.

Michel, qui connaissait la grosse dame de longue date, lui répondit par une question :

« C'est vrai que Marsel-Claude sera dans notre classe à la rentrée ? Et pas encore en 6e ?

— Pour sûr, pour sûr ! »

Garcille n'accordait aucun intérêt à la discussion. Son occupation du moment consistait à tenter de marcher sur les ombres des autres, surtout sur leur tête.

« Qui es-tu, toi ? » demanda Nourrice à François d'un tel coup de menton que le gras de son cou en roula sous la peau.

« François Labasle. Ma mère, c'est la nouvelle institutrice. »

Nourrice enregistra la réponse avec attention.

« Ah ! Alors c'est avec elle… Et ton père ? »

François se gratta l'épaule en se tortillant. La question le mettait mal à l'aise. Il la laissa filer, mine de rien. Michel crut bon de répondre. Pour une fois qu'il pouvait venir à la rescousse de son récent ami ! Il en rajouta même un peu :

« Il est pas là. C'est comme ça ! » conclut-il vivement pour couper court à tout commentaire.

Nourrice n'insista pas. Elle se remit en branle pesamment. Marsel-Claude la suivit, sans mot dire, laissant flotter un regard ondulant sur les deux garçons.

« Tu crois que c'est un gars ou une fille ? demanda François.

— Je sais pas. Mon père dit que c'est un avorton.

— C'est quoi un avorton ?

— C'est un enfant pas fini qu'aurait pas dû naître. »

François sauta du coq à l'âne.

« Quand est-ce que tu m'emmèneras chez toi ? »

Il avait souvent posé la question à Michel qui jurait chaque fois que ça arriverait bientôt.

L'interdiction de son père de venir chez les Labasle lui avait produit autant d'effet qu'un cautère sur une jambe de bois. Coutumier de la carapate, il n'avait pas changé ses habitudes de fugueur. Et puis, même si un risque demeurait possible… dans la petite tête de Michel, le choix était fait. La bise de Maryse et la compagnie de François valaient largement la menace de claque ou le coup de casquette. Mais emmener François chez lui… Il aurait eu honte d'avoir à supporter les comparaisons. D'abord la maison, la sienne sans lumière aux murs de torchis dressée au beau milieu d'un champ en friche. Et puis la salle commune en terre battue, la chambre unique partagée. Enfin les parents, les siens pauvres et vieux mastiquant leur malheur quotidien, sans élégance, taiseux du petit matin jusqu'à la nuit. Il s'en sentait tout meurtri rien qu'à l'idée que François pourrait les rencontrer.

« Il n'y a pas de raison. Toi, tu viens chez moi, non ? » ajouta François, asticoté par les réponses évasives de Michel.

Il ressauta de l'âne au coq.

« Mais, comment il fait pipi Marsel-Claude ?

— Toujours en solitude », chuchota Michel avec un air secret.

5

Maryse Labasle, après être passée au rectorat pour y régler quelques formalités administratives relatives à sa récente nomination, gara sa Dauphine à proximité du tribunal. Avant d'en descendre, elle ajusta le rétroviseur pour s'en faire un miroir. Un peu de poudre, un soupçon de rouge à lèvres, une hésitation, un changement de boucles d'oreilles. Après deux soupirs, elle se dirigea à pied vers la rue Pasteur, une venelle qui serpentait dans le vieux quartier parmi les maisons à colombages. La coquette se préparait chaque fois de la même façon et avec la même hâte.

Comme toutes les semaines depuis son déménagement – en fait un retour dans sa région natale –, Maryse venait y rejoindre Pierre, son petit ami d'avant. Celui-ci, très rapidement, redevint son amoureux, son amant. Maryse, qui l'avait peut-être aimé, l'aimait peut-être encore.

Elle sonnait ; il ouvrait la porte. Ils s'embrassaient longuement et leur baiser s'achevait toujours sous les draps.

Pierre était un peu mou, terne, quelconque. Il semblait déjà comme ça à l'université. Voilà sans doute la raison pour laquelle ses camarades carabins l'avaient baptisé Pierrot-le-fade. Une allure de fils à maman, a priori puceau pour l'éternité, ce que Maryse réussit à démentir ; un être utile, gentil, bon à acheter les commissions avec une liste qu'on biffe au fil des gondoles et apte à soigner doctement influenzas ou impétigos, la libido restée tapie dans les jupes de sa mère. Il exerçait la médecine au centre hospitalier. Et puis, oui, la gentillesse… Seulement, celle-ci n'a jamais fait avancer le monde. Les grands hommes ne sont pas gentils. Les gentils perdent tout et trop vite. Ils perdent la face, ils perdent à la belote, ils perdent les guerres. Maryse le savait. Mais, question guerre, elle avait déjà donné…

Cela dit, Pierre montrait une âme d'une grande douceur. La trentaine, peu musclé, le regard myope surplombant un nez un peu trop busqué : il n'était pas bien beau, mais bon. Maryse trouvait un réconfort immédiat dans ses bras peu virils. Cela la changeait et la rassurait : gestes presque maniaques aux précautions permanentes, voix grave à l'octave sucrée à peine traversée par un voile dû aux Craven, peau imberbe et odorante.

Allongée à ses côtés, drap et couverture remontés sous les aisselles, elle souriait. Pierre lui donna un baiser sur le nez.

«Comment va François ?» demanda-t-il.

Elle se montra ironique.

«Bien. Monsieur a son esclave.

— Toujours Michel ?»

Elle acquiesça. Il la sentit chiffonnée. Cela le contraria. Leurs échanges tenaient fréquemment du minimélo ; ils usaient d'un ton choisi pour aggraver délibérément leurs soucis.

«Tu t'en fais pour lui, n'est-ce pas ? Tu crains que ton fils ressemble à son père ? questionna Pierre.

— Tu m'énerves ! Tu devines tout.

— Mais les défauts ne sont sûrement pas héréditaires, osa Pierre. Et puis, on peut l'aider à changer.

— J'ai tellement peur qu'il m'en veuille !»

Pierrot-le-fade ne comprenait pas, mais vraiment pas, qu'une mère pût redouter de la rancune chez son fils. Lui n'en éprouvait pas pour la sienne, surtout pas. Elle l'avait élevé fort correctement, lâchant progressivement sa laisse, l'avait encouragé à suivre les traces de son père, médecin de campagne fort reconnu, maire de son village, titulaire de plusieurs médailles et membre éminent du Lion's Club.

« Et si tu m'accordais un peu ta confiance ? »

Il la prit par les épaules et la retourna vers lui. Elle était agacée.

La radio diffusait une nouvelle chanson d'Hugues Auffray.

« Bientôt la rentrée des classes, murmura Maryse.

— Tu as raison, nous nous dirigeons vers septembre. Comme si la vie allait redevenir concrète pour tout le monde.

— Comme si », confirma Maryse.

*

Sa première histoire était presque achevée. Il n'en subsistait qu'un fils et un patronyme. Pour le second, quelques mois devraient suffire. Après son divorce, elle redeviendrait Le Goff.

Après la trêve des noces, dix ans de conflits contre son officier d'époux avaient miné Maryse. Difficile de rompre avec un héros dont le plastron s'ornait peu à peu de quincaille. Impossible aveu que celui de l'angoisse de ses retours guerriers, que celui de la hantise des retrouvailles intimes, que celui de l'inavouable espoir d'un coup de gomme définitif, pourquoi pas par le hasard d'une balle perdue…

Après l'Indochine, la guerre d'Algérie ne régla pas le problème. La maudite bonne étoile veillait toujours sur l'officier de plus en plus haï par son épouse. Il survivait. Après les accords d'Évian et la déclaration d'indépendance, le lieutenant Labasle fit étape chez lui pour une permission de longue durée, faute de nouveau conflit où risquer cette fichue peau. Au grand dam de Maryse, il se prit à vouloir éduquer son fils. Il lui débitait de la bouillie pour patriotes en mal de reconquête. François écoutait, fasciné.

Jean Labasle s'agenouillait devant lui, lui saisissait les mains, lui demandait solennellement de promettre de venger l'honneur perdu de l'armée française, et en particulier celui du Colonel Bastien-Thiry qui sera fusillé pour avoir tenté d'assassiner ce traître de général de Gaulle.

Le regard du fils vers son père en disait long. Et détestable paraissait celui du paternel. Maryse se rebella. La gifle de Labasle fusa. François, témoin de la blessure, baissa les yeux. Maryse mit peu de temps à rompre. Trois mois seulement pour les adieux, la mutation, le déménagement, les retrouvailles avec Pierre.

«Comme quoi quand on veut, on peut», se répétait-elle, encore sous la surprise de sa propre détermination.

6

Nourrice, précédée de Marsel-Claude, sortit de sa cuisine pavée de tomettes rouges disjointes. La pièce comportait un ameublement minimum : une table en Formica vert, quelques chaises, un buffet bas en pitchpin, un fourneau à bois. Par terre, tout près pour l'allumer : un gros paquet de *France Dimanche* et d'*Ici Paris*.

Direction l'école, à environ un petit kilomètre vers la sortie ouest du bourg. Nourrice fondait de sueur. Après avoir franchi la barrière d'entrée donnant sur la cour de récréation, elle poussa la porte de la classe unique. Dans la salle un peu poussiéreuse, au milieu des meubles encore empilés, François et Michel étaient absorbés dans la contemplation d'une carte Vidal-Lablache représentant la France et ses cours d'eau pendant que Maryse, un fichu sur la tête, tentait de retrouver les abdominaux manquants d'un écorché en plâtre fort mal en point.

Dès l'arrivée de Nourrice, elle s'interrompit pour l'accueillir.

«Vous êtes la femme de service ? Bienvenue. Monsieur le maire m'a parlé de vous. Je suis à vous tout de suite.»

L'aide-ménagère, quoique sur ses gardes, minauda avec une grâce un peu pataude en affirmant qu'elle pouvait attendre un peu. Michel s'approcha d'elle.

«Où qu'est Garcille ?

— Là », déclara Nourrice en jetant derrière elle un bref geste de la main.

Marsel-Claude venait de se glisser dans la salle. Maryse l'aperçut.

« C'est donc votre enfant ? demanda-t-elle à la femme.

— C'est un peu ça, répondit-elle avec méfiance.

— Et si vous alliez jouer dehors tous les trois, proposa Maryse. Nous serions plus libres, madame et moi, pour faire connaissance et ranger un peu ce capharnaüm. »

Les deux garçons obéirent immédiatement, suivis à distance par Garcille qui tordait le cou vers Nourrice.

« Va », lui ordonna celle-ci.

Les trois enfants se dirigèrent vers le préau. François et Michel, décontenancés par la compagnie de Garcille, hésitèrent, puis s'assirent côte à côte sur un banc tandis que Marsel-Claude s'agrippa à la corde lisse qui pendait d'un des chevrons de la charpente.

« On fait un concours de grimper », proposa François qui voulait frapper fort pour cette première confrontation.

Il détacha sa montre de son poignet, décréta que la compétition se déroulerait en une partie sèche avec départ pieds à terre.

« Dern ! »

La vitesse de Garcille surprit les deux garçons.

« Avant-dern », se reprit François, in extremis.

Michel dut donc concourir le premier.

Petit, vif, mais sans trop de technique, il progressait par saccades, en grimaçant. Il mit dix secondes, perdant un peu de temps lors du toucher de l'anneau.

François se concentra. La partie s'annonçait rude. Il pesta contre l'usure du chanvre, puis expliqua à Michel le mode d'emploi de la montre. Au top, il s'élança. Michel, empêtré dans les soubresauts de la trotteuse, prit le parti de marquer le terme de la course en le repérant avec son index sur le cadran.

«Ça fait tout ça», montra-t-il à François quand celui-ci mit pied à terre après s'être un peu brûlé les mains pour avoir voulu redescendre trop vite.

François siffla.

«Pas mal… à peine dix.»

Il ne s'éternisa pas sur le résultat et récupéra d'un geste vif la montre.

«À toi maintenant.»

Garcille ondula vers la corde sous les regards des deux garçons. Au signal de François, l'enfant l'avala à la seule force de ses bras pourtant fluets. François, stupéfait, et Michel, un brin goguenard, furent obligés de se rendre à l'évidence. Derrière son allure lunaire et un peu mollassonne, Marsel-Claude cachait une agilité de sauvageon. Ceci, ajouté à sa connaissance de la Tonsure et de ses recoins secrets, en faisait incontestablement un allié à conquérir. François, en dépit de sa réserve à reconnaître en l'autre des qualités, qui plus est supérieures aux siennes, dut s'en convaincre. Encore estomaqué, il se renseigna auprès de Garcille :

«Où tu as appris?

— Combien sur la trotteuse? demanda Marsel-Claude avec un sourire qui lui plissait les yeux.

— Moins que nous, la vache! constata Michel en secouant la main.

— Oui, un peu, consentit François, mais où tu as appris?

— À l'Île aux épines, affirma Marsel-Claude.»

Pas peu fier, Michel se poussa du col de façon à ce que François le remarquât puis il lui glissa :

« Qu'est-ce que je t'avais dit ? »

Marsel-Claude les laissa à leur hébétude et se lança dans une marelle imaginaire, les paupières closes.

Les deux garçons regagnèrent la salle de classe, suivis à distance par Marsel-Claude.

« Quel âge elle a Garcille ? demanda François.

— On sait pas, répondit Michel. Peut-être cent ans.

— T'es sûr ?

— Euh… pas trop, mais c'est possible.

— T'es sûr ?

— Je suis sûr que c'est possible, oui. »

7

Le courant passa bien entre Nourrice et Maryse. Elles parlèrent assez librement. Surtout après que Maryse eut promis de surveiller particulièrement le travail scolaire de Marsel-Claude.

« Des fois, vous savez, son comportement me fait un peu peur. Impossible de l'intéresser à quoi que ce soit, comme les autres.

— J'y vois plutôt bon signe, déclara Maryse.

— Je ne remplacerai jamais un père et une mère. »

Pensive, Nourrice se tenait figée, agrippée à son manche à balai. Maryse la réconforta :

« Madame, pour ce qui est de la mère, je vous accorde toute confiance. On n'élève pas un enfant depuis sa naissance sans être beaucoup sa mère… Pour ce qui est du père, si cela peut vous rassurer, j'ai engagé une demande de divorce. Autrement dit, moi aussi j'éduque mon enfant seule… Eh oui ! »

Nourrice en restait arrimée à son manche.

« C'est donc vrai que vous êtes comme moi… toute seule ? s'exclama-t-elle, étonnée. Ben dites donc, c'est plutôt mal vu dans le coin.

— Je n'ai de comptes à rendre à personne… Vous voulez bien m'aider ? »

Elle tenait un rideau dans les bras et attendait un coup de main pour le plier.

«Ben vous! ajouta Nourrice tout admirative, vous avez l'air d'avoir de la suite dans les idées… Ben vous!»

Elle ne quittait pas son balai, toujours perdue dans son étonnement.

«Comme ça, vous êtes comme moi… toute seule.

— Eh bien! venez m'aider, alors! répéta Maryse en souriant.

— Oh, pardon! Je rêvais…»

Nourrice s'enquit de Garcille auprès des deux garçons qui rentraient.

«Je suis là», dit Marsel-Claude, surgissant au même moment.

∗

Ils se quittèrent assez tard dans la soirée. Michel galopa rapidement vers la ferme de ses parents. Trois kilomètres, dont la moitié en chemins creux avec des haies jamais élaguées, l'en séparaient. Plus il rechignait à rentrer chez lui, plus il accélérait sa course. Tout se passait comme si, grâce à sa vitesse, il effaçait avec plus de facilité le bon temps qu'il laissait derrière lui et estompait ainsi la douleur de la rupture.

Garcille avait suivi Michel des yeux. Puis François et sa mère. Attention! Ce nouveau venu était un peu trop bien habillé, du genre à savoir le nom latin des fleurs sans en reconnaître les parfums, style premier de la classe, amidonné dans sa science, trop sûr de lui. Michel était tellement différent! Garcille aimait son instinct, sa crasse, sa méfiance d'animal.

«Nourrice!

— Oui?

— François, il veut gagner sur Michel.

— Oui. Tu sens ces choses-là. Mais tu sais ce que tu vas faire?»

L'enfant montra de la tête que non.

«Tu surveilleras le François. Comme ça, tu verras s'il gagne vraiment. »

Nourrice ne rêvait plus pour son compte depuis belle lurette, mais uniquement pour Garcille. La proposition était bonne pour l'inciter à nouer une relation qui pourrait lui servir. Au contact de Maryse, Nourrice avait souffert d'une fringale subite de compagnie et entrevu l'espoir que Marsel-Claude en profitât par François interposé.

*

Maryse était satisfaite de son contact avec Nourrice. L'avenir côté école et village se présentait plutôt convenablement. Côté cœur, elle ne se votait pas de félicitations, n'ayant pas encore osé entretenir François de son intention d'inviter Pierre à la maison, étape préalable à son projet d'installation définitive de celui-ci. Elle se trouvait lâche, médiocre, nullement en harmonie avec le personnage libre qu'elle voulait sentir poindre en elle-même et montrer aux autres.

«Il faut que je te parle sérieusement, François. »

La dernière fois que François avait entendu ce refrain d'adulte, cela n'avait pas été sans répercussions ! Il avait dû dire au revoir à son père, attraper le train de nuit le soir même, arpenter les couloirs du métro parisien au petit matin, patienter des heures dans une salle d'attente pour s'échouer, la main toujours dans celle de sa mère, dans un village perdu sur le crâne d'une colline chauve.

Le garçon demeurait en conséquence sur ses gardes, le nez réfugié sur ses sandalettes.

«Non, pas maintenant, pas maintenant ! » se reprit Maryse.

8

Début septembre. Le village repose. Il est onze heures du soir, pas plus, pas moins, preuve fournie par le clocher de l'église, ponctuel. Une 403 approche. Écrite en lettres colorées, sur chacun de ses flancs, une publicité :

« Une bonne recommandation : Ne prenez jamais la route aussitôt après un bon repas sans un bon petit verre de COINTREAU. Une liqueur de marque mondiale ! »

La voiture vint se garer le long du trottoir après l'ultime suffocation d'un moteur accablé.

La famille Hanni revenait de vacances. Les portières arrière couinèrent en libérant deux fillettes endormies. Leur père bailla de fatigue, prostré au volant, auprès de sa femme, également exténuée. Enfin les voilà tous debout, qui s'étirant et se frottant les yeux, se remettent de leur périple.

L'homme se prénommait Placide. Un être surprenant, pour partie énigmatique. Les deux côtés de son visage, assez asymétriques, illustraient la dualité d'une face avenante d'une part, et de l'autre, incertaine. Lisse à droite, fripée à gauche, sa figure oblongue supportait un regard de guingois, l'œil droit nettement plus bas que le gauche. Une silhouette interminable, longue comme un jour sans pain. Une variété d'homme hybride, entre avenant et doucereux. Très bien élevé, un peu faux-cul, mais sans excès. De l'espèce des raisonnables qui préféraient la paix à la guerre, quelles qu'en soient les conditions et conséquences. Placide, quoi! Un prénom bien porté.

D'origine parisienne, probablement d'un quartier populaire dont il avait conservé quelques imprécisions tant dans son élégance que dans son langage qu'il agrémentait souvent de mots surprenants, incongrus, voire inventés, et, quelquefois, de contresens. Mis à part ces petites imperfections, Placide Hanni, plutôt flegmatique, n'était pas pisse-froid pour deux sous. Il maniait l'humour, parfois finement… parfois non. Solange, son épouse, courte, vive et rondelette, restait sa cible favorite. Vraie paysanne du cru, ses soucis primordiaux résidaient en la bonne tenue de son intérieur, l'éducation religieuse de ses filles, la surveillance du comportement de son mari, et son aversion pour toute question qui l'éloignait desdits soucis. Au rebours de Placide, elle présentait une parfaite étanchéité à toute forme d'humour et se laissait souvent piéger par celui-ci et ses hâble-ries de Parigot.

Betty et Roselyne, les fausses jumelles, avaient chacune hérité d'un de leurs géniteurs. Betty la longue tenait de son père, Roselyne la boulotte, de sa mère. Toujours habillées avec une mode de retard, elles promenaient une allure assurément godiche. Inséparables, elles partageaient absolument tout : jeux, joies, chagrins, et, en prime, des vêtements d'un mauvais goût rédhibitoire.

« Oh! Papa! Maman! Betty! »

Roselyne tendit le doigt vers la maison d'à côté. Les fenêtres du premier étage y étaient éclairées. Maryse parut à l'une d'elles pour y fermer les volets. Monsieur Hanni l'apostropha :

« Seriez-vous notre nouvelle voisine contiguë?

Maryse, surprise par l'interpellation et les mots qu'on y avait glissés, déconcertée par l'heure tardive et l'accent pointu, pensa d'abord à un gêneur. Elle découvrit la femme sous le halo du réverbère, puis les deux fillettes, leurs socquettes blanches, leur jupe bleue, leur pull jaune et leurs lunettes rondes. Enfin la silhouette sympathique de monsieur Hanni jaillit de l'ombre, et Maryse répondit, rassurée, en prenant toutefois soin de rajuster le col de son peignoir :

« Je viens d'emménager, oui. »

Placide la gratifia d'une courbette exagérée.

« Bienvenue. Vous aurez la redoutable *promiscuité* de partager avec nous un mur *bitoyen*. Permettez-moi : Placide Hanni, Hanni comme le prénom sans "e" au bout et avec un "h" devant, VRP en spiritueux, de retour de vacances avec ses trois, hum, *marâtresses* ! »

Placide embrassa l'espace d'un large mouvement du bras pour présenter ses filles et son épouse.

Maryse, un peu décontenancée par le sabir du négociant, fut toutefois ravie de l'intermède.

Placide insistait :

« Serait-ce insidieux de vous demander ce que vous venez faire dans notre contrée ?

— Pas du tout : je suis la nouvelle institutrice.

— Vous voulez dire que vous allez affronter le redoutable privilège d'*éducailler* nos jumelles ?

— Mais Monsieur…

— Hanni, Placide Hanni… Sans "e" au bout… mais avec un "h" au début…

— Monsieur Hanni, vos filles ont l'air bien sages. J'ai un fils qui doit à peu près avoir leur âge. »

Maryse n'avait pas terminé sa phrase que François la rejoignait à la fenêtre.

«Oh! Quelle chance elles auront d'avoir une *perceptrice* si charmante. Je vous souhaite une bonne nuit, Madame. C'est votre garçon?

— Oui. Bonne nuit à vous tous aussi.»

Maryse s'esquiva et raccompagna François à sa chambre.

*

À la manière dont Solange jeta trois sacs d'un coup dans les bras de son mari, Roselyne et Betty constatèrent que leur mère n'avait que modestement apprécié les ronds de jambe de son époux. Il est vrai que Placide, malgré sa figure approximativement agencée, ses maladresses gestuelles ou verbales, avait un certain charme et que sa femme s'en montrait jalouse, juste ce qu'il fallait pour qu'il le sût. D'ailleurs, ce jour-là comme tous les autres, il en rit franchement.

9

François s'endormait difficilement, perturbé par un charroi d'idées confuses. Il songeait à son père, à ses grands yeux gris et à sa voix métallique. Il lui manquait. Il s'était juré de n'en parler à personne. Nul ne devrait jamais déceler son tracas. Jean Labasle ne l'aurait sans doute pas accepté, lui qui souvent, les traits torturés, se perdait dans de ténébreux sermons assénés à son fils.

François n'en comprenait pas tous les mots. Ça lui donnait l'impression de complaintes inaccessibles. Il éprouvait l'envie de s'agenouiller devant ces incantations qui lui donnaient la chair de poule comme à un moinillon chamboulé par la mélopée d'un psaume.

Ce soir-là dans sa chambre, François renoua avec son passé. Là-bas, la mer était toute bleue, toute chaude. Le mistral jouait à la pétanque avec les nuages qu'il repoussait. Il ouvrit son gros atlas. Son doigt glissa sur la carte de France, du sud vers le nord, obliqua à Paris vers l'ouest. Le village où il habitait maintenant ne figurait nulle part. François inspira un bon coup. Son index effectua un demi-tour, remonta, puis redescendit sur le plan pour finalement se perdre entre père et mère.

Pour se changer les idées, il choisit un autre livre, au hasard, un ouvrage de la bibliothèque rose. L'auteure se nommait Blyton,

Enid Blyton. Il y pénétra sur la pointe des yeux, soucieux en l'occurrence d'y trouver une occasion de s'endormir. Ce ne fut pas le cas. Au contraire, l'histoire le tint éveillé.

Le livre contait les aventures de jeunes enfants, sages mais délurés, de son époque et de son âge : François et Mick, les deux frères, Annie, leur sœur, Claude la cousine et son chien Dagobert. Ils se retrouvaient pour les vacances. Complice docile à leurs attentes, l'intrigue avait tout préparé, mis les petits plats dans les grands, tout exprès pour eux, pour eux seuls. À peine avaient-ils franchi la porte, à peine avaient-ils dépassé l'orée du bois qu'elle les apostrophait, leur servait des mystères tout chauds tout farcis. Ils s'y colletaient à des voleurs aux mines patibulaires, souvent grands, forts et bêtes, des escrocs louches et benêts qui n'étaient pas sans rappeler les célèbres frères Rapetou des albums de *Mickey*. Impavides *Zorro*, intrépides cœurs vaillants, émérites et bravaches, ils surmontaient leur peur – surtout les filles – avec l'étonnante et aveugle complicité de parents ravalés au rang de simples faire-valoir. Les portes grinçaient, les pneus crissaient, les parquets craquaient, les vieux murs croulaient, les corbeaux croassaient, les hiboux hululaient, les chiens hurlaient à la mort. La lande était souvent bretonne, la nuit toujours noire, la mer parfois démontée, le souterrain très étroit, en cul-de-sac hélas, mais non, à droite, un boyau étriqué, Dagobert seul peut s'y faufiler ; il donnera l'alerte en aboyant la situation aux gendarmes futés qui comprendront.

À l'inverse des contes de fées, auxquels on ne croit plus dès après que la supercherie du père Noël a fait long feu, le livre relatait des péripéties somme toute plausibles, possibles, à la portée du lecteur. Entre François et les personnages, la différence apparaissait ténue.

Il s'immisça dans l'ouvrage, appréhension et délectation mêlées. Le sel de l'intrigue le faisait saliver d'envie et trembloter de trouille.

Alors qu'il cheminait avec les cinq héros sur une sente escarpée, non loin du château de Kernach, coursés par de vilains molosses aux ordres de fieffés brigands, un prénom le happa – il ne l'avait pas noté jusqu'alors, tant il s'était fondu corps et âme dans l'histoire – celui de l'aîné des enfants, le modèle, le sage, le plus lucide, le plus écouté. Il s'appelait François. « François comme moi. » François le donneur d'ordres, l'éclairé, le sensé, le brillant, le sagace, celui qui parle aux grands comme s'il avait leur âge, leur taille et de la bouteille. François comme lui. Un François décidément pourvu de qualités : discernement, courage, force morale et muscles, souplesse et fermeté, notamment à l'égard des filles. Une espèce de stratège précoce. Les deux François s'acoquinèrent, se superposèrent, s'imbriquèrent. Leurs traits s'enchevêtrèrent. L'osmose se réalisa ; l'autorité fut partagée ; les décisions prises en commun. Il ne subsistait aucun doute : lorsque l'intrigue serait dénouée, les félicitations iraient aux deux.

Le frère cadet de François se prénommait Mick. Il était plus petit que François, vif et débrouillard, surtout aux ordres de son aîné. Normal, vu la stature de l'autre. Les aventures se partagent : pas les initiatives ni les décisions. Passés quelques paragraphes, l'idée d'un nouveau rapprochement s'imposa au lecteur, lors d'un méandre de l'intrigue, lorsque le François du roman déclara à son frère Mick que c'était la seule solution… et qu'on n'y couperait donc pas… point à la ligne ! C'était un peu comme le vrai François et Michel. Qui c'est le chef, non mais ?

La proximité entre Mick et Michel apparut alors évidente. Mick ou Michel. Michel serait Mick. Il le devint pour François Labasle.

Une troisième analogie prit forme; François en fut interloqué. Il relut la description au début du livre :

«Elle se nommait en réalité Claudine… Claude… ce prénom qui aurait pu convenir à un garçon s'harmonisait fort bien avec ses gestes décidés et ses courts cheveux bouclés.»

Folle coïncidence! À tomber raide dingue. De la pure sorcellerie. «Une place toute chaude pour Marsel-Claude, je n'y crois pas!» Partie pour son prénom, partie pour son allure…

Il en était resté là, s'était endormi satisfait, rêvant à une duplication du *Club des Cinq*.

*

Le lendemain matin, Maryse lui servit un copieux petit-déjeuner sur la terrasse pavée, à l'arrière de la maison. Il mangea sans mot dire, son livre à portée de main. Dans le jardin d'à côté, une grande perche et une petite boulotte piaillaient.

«Je te présente nos voisines, les sœurs Hanni, l'informa Maryse.

— Annie! Tu es sûre? Annie… comme le prénom?

— Oui, Hanni. Enfin Hanni, sans "e" au bout, mais avec un "h" au début. Mais tu les connais! Tu sais, la famille qui est rentrée de vacances cette nuit.

— Me reste plus qu'à trouver Dagobert, marmonna François.

— Qu'est-ce que tu bougonnes?

— Rien, Maman, rien.»

Il attendit qu'elle s'éloigne et ajouta pour lui-même :

«Après, on partira dans la Tonsure, jusqu'à l'Île aux épines.»

Il remonta dans sa chambre. Il se gratta la tête, incrédule, et réfléchit à voix haute :

«François le chef : c'est moi. Mick le frère, l'adjoint : c'est Michel. Claude, la cousine un peu garçon : c'est Garcille. Annie

la sœur : c'est… c'est… la… les voisines ! La… les filles Hanni !
Celles qui ont débarqué hier ! Ouah ! »

Il se gratta de nouveau la tête.

« Oui, mais ça en fait deux pour un seul personnage ! Ah flûte !
Il va falloir que j'en choisisse une… Et puis on doit trouver le
chien, Dagobert.

Tout émoustillé, il relut la fin du livre où les enfants – sans
oublier le chien ! – prononcent la promesse qui scelle la naissance de leur Club des Cinq. Il frissonna et se jura bien d'avoir,
à son tour, le bonheur de prononcer un semblable serment et de
fonder ainsi, il n'en doutait pas, son Club à lui !

10

François referma le livre, pantelant. Veine de veine! À part le problème des deux Annie, tout correspondait.

Hop là! Pas d'affolement... L'allégresse est mauvaise conseillère. Il existe d'autres chemins que la liesse ou l'emportement. Un bon vieux ressassement s'impose avant de déclore son bec. Voilà sans l'ombre d'un doute ce que son père lui aurait recommandé.

«N'empêche, il faut que je dégote un Dagobert.»

Sa mère ne retrouva François que pour le déjeuner. Il n'avait pas quitté son pyjama lorsqu'il lui demanda si elle voyait un inconvénient à ce qu'il eût un chien. Elle lui répondit de plutôt s'habiller, et que pour l'animal, on aviserait plus tard. Comme ça, il disposa de deux bonnes raisons pour ronchonner.

*

Les derniers jours de vacances ne le concernèrent pas vraiment. La prochaine rentrée des classes ne le soucia guère. Reclus dans son projet, il jouait à l'ermite, la plupart du temps dans sa chambre où il réfléchissait.

Il répartit les rôles, inventa des intrigues, sortit le soir pour fureter dans le village à la recherche d'un local pour ce club qu'il ne manquerait pas de constituer. Il envisagea l'installation dans l'ancien lavoir qui était clos sur trois de ses côtés et comportait un auvent. Un repaire discret, comme on en rêve!

Dans l'immédiat, il n'en parlerait pas encore à Michel. Il lui ordonna de ne plus venir, sans lui en fournir la raison. C'était plus fort que lui. Il lui fallait, de temps en temps, se recroqueviller, s'isoler.

« T'occupe, j'ai besoin de rester seul. »

Michel n'osait pas protester.

François éprouvait un penchant pour la blessure, donnée ou reçue. Il s'imaginait que ça représentait une marque de puissance. Qui fait souffrir domine. Qui se fait souffrir se domine. Héritage. Le lieutenant Labasle serait-il fier de lui ? Quelle opinion formulerait-il, tout emmitouflé dans un sourire tragique, sur son projet de club ?

✳

La période aphasique de François profita aux desseins de sa mère. Son manque de réactions était tel qu'il ne s'opposa pas à une visite de Pierre à laquelle Maryse tenait plus que jamais. De retour de la ville, elle lui glissa avec une piètre assurance compensée par un ton maladroitement affirmé :

« Autant que ce soit clair entre nous. Pierre viendra bientôt. »

Après cette manifestation d'autorité, elle se perdit malgré elle dans des justifications dont elle avait horreur.

« Mais ne te tracasse pas. Nous… nous ne te gênerons pas. Je veux dire que Pierre n'a pas l'intention de se substituer à ton père. Tu comprends ? D'ailleurs… à ce propos… je n'ai toujours pas de nouvelles. »

François répondit « oui, oui », et regagna sa chambre où il avait fort à faire. Son attitude avait le don de mettre sa mère mal à l'aise. Il en avait conscience et seulement lorsque Maryse semblait sur le point de craquer, tordant ses mains ou son tablier, il lui jetait en pâture un sourire navré.

Du bas de l'escalier, Maryse lui criait de temps à autre :

« Pourquoi ne joues-tu plus avec Michel ?

— Plus tard Maman, plus tard. »

Ce « maman » miaulé touchait la mère. On aurait cru qu'il s'en amusait.

*

La veille de la venue de Pierre, elle emprisonna François dans ses bras.

« Je t'aime garçon, lui murmura-t-elle. Veux-tu inviter Michel demain dimanche ?

— À manger ?

— Bien sûr.

— Ses parents ne voudront pas… Ils sont trop pauvres.

— Qu'est-ce que tu racontes ? C'est ridicule ! »

Elle lui tapota les joues.

« Je suis sûre qu'il traîne dans le village et qu'il se sent malheureux. Tu n'es pas sorti depuis des siècles. Allez, file ! »

François obéit.

Assis sur un chasse-roue à l'angle de la place, Michel sursauta en le voyant. Il l'attendait depuis plusieurs jours. Il avait un peu joué avec des compagnons de passage, sans entrain, le regard fixé sur la porte des Labasle. Au comble de son angoisse, il avait même accepté l'invitation des jumelles Hanni pour un Monopoly. Il aurait volontiers troqué sa Rue de la Paix et ses hôtels pour la maison d'à côté, toujours close. Il avait supporté les glapissements des deux myopes, lorsqu'elles étaient contraintes d'aller en prison ou de payer une amende, espérant qu'ils éveilleraient l'attention de François qui devait les entendre. Il était malheureux. Il était jaloux. Plus malheureux que jaloux. Quelqu'un d'autre, sans doute mieux loti que lui, peut-être plus riche, plus propre, plus instruit, avait jeté le grappin sur son ami. La révolte n'étant pas son fort, il s'était rabougri dans un chagrin discret.

Il n'osa pas se diriger vers François, de peur que la nouvelle se révélât épouvantable. Le coude sous le nez pour un mouchage furtif, il attendit. Ce serait le sucre ou le bâton. Au maître de décider.

«Tu viens manger demain, ma mère t'invite», lui claironna François.

Stupéfait, Michel flageola de partout.

«Je croyais que tu me détestais!

— T'es fou! J'avais besoin de réfléchir. Réfléchir : tu piges? Alors, tu viendras? J'ai prévu des trucs super pour nous. Mais il fallait que je reste seul. C'était important. Tu comprends?»

Michel planta là ses tourments et galopa vers sa ferme. La trop courte Roselyne, de retour de l'épicerie avec sa timbale de lait, et la trop longue Betty, à deux pas derrière, qui grignotait un quignon de pain, se virent gratifier d'une grimace qui les laissa perplexes.

11

Le premier courant d'air du dimanche matin n'avait pas ôté à la sacristie son odeur de vieux bois. Marsel-Claude laissa glisser son surplis blanc sur sa soutane rouge. L'enfant avait pris garde de la boutonner correctement et non pas «en menteur» comme l'en avertissait Nourrice en usant d'une de ses bizarres expressions. Appliqué, il vérifia le bon fonctionnement de l'encensoir en coulissant ses chaînettes. Nourrice, affairée à l'époussetage du ciboire, surveillait du coin de l'œil son étonnant enfant de chœur.

Marsel-Claude l'aidait tous les dimanches matin à préparer l'église pour la grand-messe. Garcille y prenait un plaisir évident, écoutant le bruit de ses pas sur les dalles, s'en effrayant volontiers pour glisser se réfugier dans le silence du confessionnal. Apaisé par le mystère froid de l'endroit, l'enfant se sentait bien dans un isolement proche de son monde. Il y jouait sérieusement, avec application. Les espaces, l'ampleur des voûtes, l'étouffement des sons, la présence discrète de Nourrice, les parfums d'encaustique et d'encens mélangés lui composaient un univers à sa mesure. Quelquefois, le feu aux joues, Marsel-Claude singeait depuis la chaire une homélie muette, le regard perdu dans la lueur diffuse traversant le vitrail. Lorsque les premiers fidèles arrivaient, Garcille regagnait sagement sa place, attendait le curé et lui donnait doctement la réplique en latin sans rien comprendre.

Ce qui ravissait le plus Marsel-Claude pendant l'office, c'était de se servir du «claquoir», cette espèce d'objet fait de deux planchettes de bois reliées par une charnière et qu'on heurtait l'une contre l'autre. Elle tenait à sa merci des otages dociles ; clac ! se levant, clac ! s'asseyant, clac ! s'agenouillant à son signal. De la pure magie ! Dans ces instants, ces mêmes personnes, l'enfant les revoyait dans les rues du village, se moquant de son allure d'extra-terrestre.

✳

François, avant le terme de l'office, gagna le sprint vers le porche de l'église, suivi de près par Michel.

En arrêt sur le parvis, il fureta dans le fond de sa poche pour y retrouver quelques pièces de monnaie. Michel l'imita. S'ils avaient épargné l'argent prévu pour la quête et picoré un peu dans quelques bourses familiales, ils pourraient gonfler le capital commun destiné à s'offrir des cigarettes.

Les deux garçons coururent vers le magasin du Roumain. Michel, encouragé par un François peu téméraire, osa y pénétrer pour acheter un paquet de High Life.

Difficile de mentir à deux paires de bacchantes sur le faciès peu avenant d'un unique buraliste ! L'une à sa place, tombant à la gauloise sur des lèvres épaisses, l'autre usurpant celle des sourcils. Si l'on ajoute la blouse grise, on voit mieux l'obstacle de suspicion érigé devant Michel qui jugea bon de recourir à une astuce. Par une hésitation de circonstance, après des «euh» qui suggérèrent un effort de mémoire, il fit avaler au double moustachu – du moins l'imagina-t-il – qu'il ne se souvenait pas de la marque de cigarettes que son voisin lui avait demandé de rapporter. Par cette ruse habile, Michel excluait qu'on envisageât qu'elles fussent destinées à sa consommation personnelle.

«Je crois qu'il m'a parlé d'un paquet de dix, un paquet rouge.

— Des Iglif?»

Michel acquiesça.

«Oui, des Iglif. Oui… là… non… au-dessus!» précisa-t-il au commerçant qui tâtonnait sans rien trouver.

Compte tenu de leur trésor dominical, les deux garçons ne pouvaient s'offrir que cette seule marque. Certes, il y avait les Parisiennes, ou P4, ainsi nommées parce que vendues par quatre pour une bouchée de pain. Mais on murmurait qu'elles étaient fabriquées à partir de mégots! Ils n'y recouraient donc qu'en cas de disette absolue. Pure question de standing.

Fier d'avoir cru berner le marchand, Michel rejoignit son compère en roulant des dorsaux. Une tape de François sur l'épaule de Michel et le duo s'enfuit à toutes jambes vers la sortie du village. Il emprunta le chemin des Falaises, ainsi baptisé par le hasard d'un grand mystère jamais élucidé, compte tenu de l'absence de tout accident naturel là où il s'enfonçait. François, déjà ordinairement moins vif que Michel, peinait un peu pour cause de chaussures neuves. Celui-ci l'attendit au carrefour des Cinq Chemins, à un bon demi-kilomètre du bourg. On s'y partagea alors comme d'habitude un guet rapide, puis, dans un escamotage digne de Méliès, on s'engouffra dans le secret d'un sentier bordé de haies basses en suivant les empreintes creusées par un tracteur.

Un peu plus loin, à cent pas, à main droite après le cabanon en ruine, ils s'installèrent à l'abri d'un bosquet qui les dissimulait parfaitement. Après avoir repris leur souffle, les deux gamins s'assirent sur de vieilles auges retournées.

«On fume que la moitié du paquet, d'accord?

— D'accord», répondit Michel.

Place au rituel. Chaque fois, François ouvrait avec précaution le précieux emballage. Chacun prenait une cigarette. Michel, le préposé à l'allumage, extirpait de sa poche un briquet à essence dont la flamme noircissait autant qu'elle brûlait.

La première bouffée les faisait grimacer, toussoter, la fumée leur picotait les yeux. Ils résistaient à l'envie de vomir. Ils surmontaient aigreur et haut-le-cœur, pétunaient un peu plus à l'aise, avec des mines de plus en plus inspirées. Ils singeaient l'adulte, d'abord en silence, soûlés par le tabac blond.

Tenue en prolétaire entre le pouce et l'index ou bourgeoisement entre l'index et le majeur, la cigarette ne s'éloignait guère de la bouche, souvent ouverte pour servir de moule à d'impossibles ronds. La fumée, difficilement avalée, ressortait à l'occasion par le nez avec une aisance toute relative.

La première finie, la deuxième grésillait déjà au bout du mégot précédent. L'effet d'ivresse lentement s'estompait.

La conversation pouvait alors commencer.

François expliqua tout du Club des Cinq à Michel. Celui-ci, radieux, acquiesça à tout, proposa Lechien dans le rôle de Dagobert, tiqua un peu sur le problème des sœurs Hanni mais se prononça pour la plus petite parce qu'elle était moins grande.

« Mais comment on y arrivera pour Garcille ? Marsel-Claude voudra jamais ! affirma-t-il.

— On verra. Si ça se trouve, on peut l'intéresser. Et tes parents, ils ont dit d'accord pour ce midi ? »

Michel regarda François, fiérot de l'initiative qu'il avait prise.

« Je mangerai deux fois. Comme ça, j'aurai pas besoin de demander. J'irai vite, je te promets. »

François le félicita pour son ingéniosité. Le mensonge lui plaisait.

«Je dirai rien à maman, assura-t-il.

— Ce sera quoi notre première histoire? questionna Michel.

— En savoir davantage sur Marsel-Claude et Nourrice. Mais ça reste entre nous, hein?», répondit François.

Suite et fin de la cérémonie. La deuxième cigarette volatilisée, les deux paires d'yeux convergeaient vers le paquet. Plus qu'une clope pour la ration du jour. Ils la partageaient en respectant un scénario parfaitement rodé. François attaquait et tirait la première bouffée, en ayant soin de ne pas «mouiller», précaution que prenait également Michel, car le «mouilleur» éventuel signait immédiatement un aveu d'incompétence. Pour chacun d'eux, hors de question de s'exposer aux reproches de l'autre ou de suçoter ses restes de salive.

Le mégot, vierge de toute bavure, finissait sa ronde entre les lèvres de François dans un silence fait d'une intense concentration portée au moment qui s'achevait. Après un regard quêtant l'approbation de Michel, il l'écrasait à côté des quatre précédents.

Maintenant, avant de regagner le village, il leur fallait débarrasser leur haleine du moindre effluve de tabagie. Leur dure condition d'enfant reprenait le dessus. Pour cela, Michel connaissait un truc infaillible. Il suffisait de mâcher longtemps du trèfle. Tous deux se mettaient à brouter, avidement.

«Ça sent encore, signala François à Michel qui venait de lui souffler dans le nez. Remange un peu.»

La médication s'achevait par le mâchonnement d'un chewing-gum à la chlorophylle, destiné, suprême précaution, à masquer le parfum du trèfle.

François et Michel, toutes garanties prises, quittaient leur refuge après avoir craché deux ou trois fois bien vert.

12

Pendant ce temps, Maryse frôlait le malaise, même si sa fébrilité n'enlevait rien à son charme. Pourtant, elle se sentait moche et gourde, la main sur une mèche rebelle jaillie du miroir, suite à un coup d'œil éclair, le nez toujours pointé vers la cuisine, concentrée sur le repas qui mijotait.

Une brise de laque sur son discret crêpage : ça, c'est pour Pierre ; le gros couteau suisse retrouvé dans un carton du déménagement : ça, c'est pour François ; un profond soupir et, par superstition, les index et majeur croisés : ça, c'est pour la rencontre des deux.

Comment fait-on dans ces moments-là ? On répète, on ressasse, on imagine des mots aux accents circonstanciés, des gestes chauds, des intentions, des attentions. La mise en scène est peaufinée pendant l'insomnie de la nuit précédente ; la costumière à deux heures du matin, Royale menthol au bec, l'œil vissé depuis un quart d'heure sur la même page du livre ; la générale dans la foulée, sur le pavé de la cuisine, avec un goût de thé insuffisamment infusé. Et puis, avant l'avertissement du brigadier : le trac ! Ça frappe ! Ça tape ! Ça brûle ! Un « oui » tout petit, inaudible y compris par elle. Des suées, la voix rauque, la laque à cent sous qui lâche. « Y'a quelqu'un ? » Ridicule ! « J'arrive ! »

Il ne se passera rien d'exceptionnel entre eux, chacun ayant répété une pièce différente, de son propre répertoire. Il ne s'agira que d'une banale représentation, rien d'une rencontre, la politesse en guise de sentiments, les bonnes manières à la place des élans par elles contrariés.

Ils étaient prêts à se mettre à table. Maryse consulta sa montre.

« Et Michel, il tarde.

— Mais non Maman, juste la Grise à soigner.

— La Grise ?

— C'est le nom de sa vache préférée.

— Tant pis, on commence sans lui. »

François observait Pierre. Il lui parut plutôt terne, assez peu musclé et très bien élevé. Le lieutenant Jean Labasle était plus grand que Pierre, moins indolent, mangeait plus penché vers l'assiette, la course de la fourchette moins ample, parlait peu à table mais pour dire quelque chose. Pierre lui semblait neuf, lisse, étranger, inhabituel, insipide. Il regardait Maryse avec insistance et trouvait tout bon. François l'épiait discrètement. Il était un peu surpris que sa mère lui accordât quelque intérêt. Il ne ressentait aucune jalousie. Il était étonné. Et rassuré. Il n'avait rien à redouter de cette chiffe molle.

Michel ne tarda pas. Maryse le convia à se laver les mains, puis l'installa près de François, alors plus à l'aise. La présence du dernier invité libéra ses voisins de table puisqu'ils parlaient maintenant, sans se forcer, d'autre chose que ce dont ils n'osaient pas s'entretenir auparavant. Pierre sortit peu à peu de sa mollesse et captiva les deux garçons par ses récits des récents exploits des cosmonautes : Gordon Cooper battu par une femme ! Quarante-huit révolutions pour la Russe Valentina Tereschova contre vingt-deux pour l'Américain sur Mercury. Maryse se sentait mieux, Michel buvait du petit lait, singeait les manières élégantes des autres, s'essuyait le bec toutes les trois bouchées, ne se permettait pas de refuser les sollicitations de Maryse à se servir deux fois de tout. Il était tout excité de participer à son premier vrai repas dans le monde.

L'indigestion survint vers les quatre heures, après la glace à la vanille. Il pâlit d'un seul coup, la nausée monta, il se précipita aux toilettes.

L'incident contribua à donner enfin vie à l'après-midi. Chacun s'agita. Pierre accompagna Michel jusque dans la chambre de François, l'aida à s'allonger sur le lit et Maryse lui prépara un sucre imbibé d'alcool de menthe. François s'assit à ses côtés, lui dit de ne pas s'inquiéter et, sans trop se soucier de l'état de Michel, lui lut des extraits du *Club des Cinq*.

❉

« On a l'air empotés. Sans la présence de Michel, cela devenait presque pénible. Tu as une explication ? » demanda Pierre.

Maryse se tassa dans le canapé du salon.

« La faute à la première fois, sans doute », répondit-elle, à court d'originalité.

Pierre paraissait désolé.

« Tu espérais mieux ?

— Plus vrai », répondit Maryse avec un peu de dépit.

Elle croisa les jambes et fixa ses genoux.

Pierre la rejoignit sur le divan. Ils fumèrent. Ils osèrent un regard l'un vers l'autre. Tous deux étaient tendus. Leurs mains en se touchant se rétractèrent avant de s'unir.

« C'est mauvais signe ? demanda Pierre.

— Quoi ?

— Nos mains…

— Je ne sais pas. »

Ils se turent longuement.

« Je crois que nous montrons trop d'impatience… confia un Pierre sentencieux. Comme si nous voulions trouver un bonheur immédiat.

— Et cela te paraît impossible ? répliqua Maryse.

— Je n'ai pas dit ça. Nous sommes un peu victimes du confort de nos rendez-vous de la rue Pasteur. Il nous faut nous habituer à vivre différemment.

— Mais nous y projetions un nouvel avenir !

— Vu du lit, ça semblait facile !

— Vu d'ailleurs, ça l'est moins ? François est devenu un véritable obstacle ? C'est cela. Si François pose… »

Pierre interrompit Maryse.

« Pourquoi veux-tu tout remettre en cause ? Il n'y a aucune raison pour que François me saute dans les bras… Laisse-nous un peu de temps. »

Pierre se dressa et fit quelques pas. Maryse le rattrapa. Elle l'enlaça presque de force.

« Pardonne-moi, j'ai tellement peur.

— De quoi ? »

Ils n'eurent pas le loisir de poursuivre. La porte d'entrée réclamait leur présence sous peine de céder aux coups qu'on lui assénait.

13

Dehors, l'œil torve, Victor Côtel empestait l'alcool.

Arrivé en début d'après-midi chez Constantin, il y avait rencontré Malouki, un grand brun caoutchouteux qui passait l'essentiel de sa vie chez le Roumain. Accessoirement chiffonnier, il gîtait dans un taudis enfoui dans la Tonsure, à deux pas de l'Île aux épines. On le croisait souvent le nez dans les poubelles. Personne ne l'aimait, personne ne le détestait, chacun s'en méfiait. Seul Victor le côtoyait.

Péripétie péripatétique, Malouki résultait d'un accident de lupanar. Sa grande brune de mère, élevée dans le mauvais giron d'un charivari familial, nourrie du désir impatient de s'en échapper, s'en était allée rêver d'amour pour la vie au tréfonds d'un bordel portuaire, assidûment fréquenté par des matelots américains, du côté de Nice. Elle faisait partie d'un lot de naïves jeunes gourdes fessues, prêtes à troquer leur charme contre un hypothétique avenir aux États-Unis.

Une fois grosse, elle n'eut pas recours aux faiseuses d'anges. Remugles vertueux d'une éducation malgré tout chrétienne, en dépit de sa hargne à se débarrasser de son abcès, elle craignit les foudres du Bon Dieu. Malouki naquit donc à la sauvette dans la chambre d'un hôtel borgne.

Cette mère, quelques mois après, remise du flanc, remaquillée, réussit à s'agripper au mataf qui revint pour une nouvelle escale. Elle vogua avec lui pour Monterrey, Californie, abouchée à son improbable destin d'élue du Nouveau Monde. Elle y passera sa vie comme ouvrière dans une conserverie de sardines.

Quant à Malouki, qui ne fut pas convié au voyage de noces, l'Assistance publique l'accueillit, lui et son étiquette épinglée sur son bavoir. D'orphelinat en orphelinat, il glissa avec jubilation sur la planche savonnée de sa piètre fortune, se consacra au rôle de cancre béat à l'école, de traîne-savates et de tire-laine ensuite. Sans jamais se départir de l'exaltation d'un gavroche qui s'amuse. L'armée n'interrompra que peu de temps sa progression dans le milieu de la rapine.

«Tiens, ton fils, il a trouvé mieux que chez toi, avait-il claironné à Victor en se gondolant, pas mécontent de sa nouvelle.

— Cause franchement Malouki. Tu l'as vu?

— Ouais, chez l'institutrice. Une belle garce!

— Belle garce, belle garce… Victor ronchonna après sa femme. J'y avais dit à l'Adrienne de pas le laisser y aller. J'y avais dit… »

Malouki s'enroula sur une chaise.

«Ho! Le Roumain! Deux bières. »

Ils les avalèrent sans respirer.

«Tu vas pas laisser ça là, reprit Malouki.

— Qu'est-ce que ça peut te foutre!

— Ça me fait que j'aime pas voir mes copains se laisser pigeonner par les bourgeois… Deux autres!»

Constantin leur resservit deux bières. La mousse des Ancre Pils leur collait aux lèvres. Malouki joua à exciter Victor. Les bouteilles s'accumulèrent sur leur table. Ils sortirent pisser à tour de rôle, de moins en moins loin de la porte d'entrée. Peu à peu, ils se racornirent dans leur coin, vissés sur leur chaise. Leur espace se rabougrit, devint inaccessible aux autres consommateurs. Leur conversation se mua en onomatopées comprises d'eux seuls. Vaille que vaille, Malouki aiguillonna Victor jusqu'à ce qu'il céda.

✳

Ses bottes un peu larges lui donnaient un brin de stabilité, l'aidaient à ne pas s'affaler. Il frappait lourdement d'un seul poing, l'autre main occupée à se tenir au mur. Il maugréait en éructant.

Pierre vint ouvrir la porte et faillit recevoir Victor dans les bras. De fade il devint vert, autant apeuré qu'indigné.

« Que voulez-vous, Monsieur ? » demanda-t-il avec une courtoisie de majordome effarouché.

Incapable d'articuler deux mots de suite, Victor se concentrait sur un seul.

« Salope… salope… salope ! »

Pierre recula d'un pas.

« Qui êtes-vous ? Que voulez-vous ? » questionna Maryse qui s'était approchée.

Elle frémit à la vue de la saleté et de l'ivresse du journalier, mit la main devant sa bouche.

Victor laissa sa tête peser vers l'arrière pour tenter d'y voir. Elle faillit l'emmener à la renverse. Il crachota de petits râles rauques englués dans sa gorge, essayant dans un reste de lucidité de les masquer par un semblant de rire.

« Ah ah ! Saloperie de salope… »

Pierre, bras ballants, se força à un commentaire :

« Il est trop soûl pour être engueulé ou rossé. Qui est-ce ? Il faut prévenir la gendarmerie, non ?

— Est-ce moi qu'il insulte ? » s'inquiéta Maryse.

Victor laissa perler son fiel de sa bouche tordue. Il retrouva quelques mots perdus au fond de son ivresse :

« Pas mon gars… ici… »

Il rugit d'un seul coup en levant la main vers Maryse :

« De Dieu !

— Victor ! Ça suffit ! »

Placide, intrigué par les éclats de voix, était accouru aux nouvelles. Il attrapa Victor par le col et le tira hors de l'encadrement de la porte.

« Va cuver ailleurs ! Madame Labasle peut prétendre à un autre… sigisbée. »

Plutôt réjoui par l'érudition de sa sortie – pour une fois de bon aloi et qui ne manquerait point d'épater –, il assit d'une force tranquille l'ivrogne sur le trottoir, avec une délicatesse presque urbaine, puis le contempla, l'air amidonné par la compassion.

« Comment peux-tu te mettre dans de tels états ? Voilà ce qui résulte de mauvais alcools dans de mauvais fonds. Ah, Madame Labasle ! cela n'arriverait pas avec le Cointreau dégusté par un *genteulman*. »

Placide et son vocabulaire endiguèrent gêne et crainte. Ils simplifièrent l'instant, redevenu un drôle de bout de vie, rien d'autre. Le tragique reflua face à Placide, apaisant, reposant, réconfortant — et toujours bizarre avec sa singulière joyeuseté.

Maryse le remercia du fond du cœur.

« Oh, Dame Labasle ! Il me revient de vous *gratifier*, répondit Placide. Votre charme mérite plus que ma modeste sympathie. Ne vous turlupinez point, je pars de ce pas afin de le ramener dans sa… hum… thébaïde.

— Il vit seul ? » demanda Maryse, maintenant rassérénée par l'intervention de son voisin.

François et Michel sortirent à ce moment. Michel, reconnaissant son père, fut envahi de spasmes et détala.

« Non, Dame Labasle… »

Placide était embarrassé. Il reprit comme en s'excusant :

« Et je crois de mon devoir de vous prévenir : il s'agit de son héritier qui s'échappe. Je *présubodore* que vous ne le saviez pas. »

Maryse chancela à la nouvelle.

Pierre, réussissant non sans effort à surmonter son dégoût, aida Placide Hanni à charger Victor dans la 403. Maryse et François, regroupés sur le pas de la porte, lurent machinalement, sans y prêter garde, les inscriptions sur la carrosserie :

« Une bonne recommandation : Ne prenez jamais la route aussitôt après un bon repas sans un bon petit verre de COINTREAU. Une liqueur de marque mondiale ! »

« Pourquoi m'en veut-il ? demanda Maryse.

— Parce qu'il est jaloux, répondit François.

— Allons, allons, n'avançons pas si vite en besogne ! le reprit Placide Hanni. Jaloux ? Je ne crois pas. Admettons plutôt que la misère fabrique parfois des malheureux, et les malheureux des méchants, et *tutti quanti*. C'est ainsi. Mais, Dame Labasle, on *escompte* beaucoup sur vous pour que cela change.

— Comment cela ?

— Il n'a pas dû apprendre beaucoup lors de ses… humanités. À vous revoir. »

La 403 toussota avec la même élégance approximative que celle de son propriétaire.

14

Exceptionnellement, sous une chaleur pourtant extrême, Nourrice marchait trop vite pour Marsel-Claude. Garcille l'imitait à distance, allure guerrière, bras balancés.

«Salope! Salope! Ah, on va voir!»

Nourrice était outrée, boursouflée par la rogne. Elle n'en avait rien montré à Maryse le matin à l'école. Elle en avait fait son affaire. Malouki répandait la nouvelle chez le Roumain alors qu'elle y entrait pour acheter son pain. Il ne l'avait pas vue. Elle l'avait laissé raconter jusqu'au bout ses horreurs avant d'intervenir

«Dis donc, mollusque exotique, pilier de bistrot, non seulement tu devrais déjà être mort, mais tu vaudrais même pas le sapin pour t'encager! Alors comme ça, t'as tout vu, t'as tout entendu, t'as rien fait... et tu t'en vantes! Sacrée larve de lâche! Maudite lavette! Serpillière mitée!»

Le blanc sec du grand escogriffe lui était remonté jusqu'aux confins de la glotte. L'accusé avait vaguement essayé de résister, mais en vain. Nourrice l'avait impressionné au point qu'il avait déclaré forfait et quitté le café, rétréci par la trouille.

Maintenant, elle fulminait sous le soleil, ragaillardie par sa colère. Ses seins ballottaient au rythme de ses pas, ses mains potelées écartaient les branches qui tombaient des haies sur le chemin. Après un court sprint, Garcille la doublait parfois pour l'encourager à poursuivre d'un geste du poing. La barrière pourrie du clos des Côtel ne supporta pas la bourrade de la révoltée, non plus que le coup de grâce que Marsel-Claude lui administra : deux gnons du talon, bien frappés.

Arrivée dans le milieu de la cour face à la maison, Nourrice s'y figea, Garcille derrière elle.

« Sors si t'es pas une mauviette ! » cria-t-elle.

Lechien accourut de l'étable en jappant. Sentant la détermination de la visiteuse, il rectifia la position, arrondit le dos, trouva judicieux de se calfeutrer l'entrejambe avec la queue, poussa un ultime aboiement pour la forme et alla renifler le derrière d'une poule.

Adrienne, aux cent coups, pencha le buste au-dessus du battant inférieur de la porte d'entrée.

« Couché Lechien ! Nourrice, ça alors ! Ça fait des siècles. T'en fais un tintouin. Qu'est-ce qui se passe ?

— Où il est ton péché d'époux ?

— Qui donc ?

— Ton Victor, où donc qu'il se cache ?

— Qu'est-ce que tu lui veux ?

— Tu vas pas le défendre, non ?

— J'ai pas dit ça.

— Encore heureux. Où qu'il est ? » répéta Nourrice.

Adrienne se rendit compte de la nécessité de répondre sans barguigner[2].

« Il fait du bois chez les Poret, à l'Aubénière. Mais qu'est-ce qui arrive ?

— T'as qu'à venir. »

---

2. Sans hésiter.

Nourrice tourna les talons à une telle vitesse que Marsel-Claude dut s'écarter pour la laisser passer. Adrienne attrapa un fichu, s'en couvrit la tête, délaça son tablier, le jeta par terre, le tout en marchant, suivie par Lechien toujours langé par sa queue.

La ferme des Poret se trouvait à un bon kilomètre vers la Tonsure, à main gauche après la rivière.

Rien ne pouvait arrêter la brave femme, mais par précaution, elle préférait user de sa colère pendant que celle-ci bouillonnait. Pensez! Une vie de fierté logeait tout entière dans sa révolte trop longtemps retenue. Ça lui gargouillait dans l'abdomen. L'occasion d'exploser n'était point à gâcher.

La troupe trottinait : matrone à la gorge conquérante, vieille à la figure contrite, Garcille vagabonde et chien morveux.

La rivière ne fut pas regardée, le pêcheur non plus qui remballa son bonjour. Marsel-Claude, décidément très à l'aise, l'invita d'un signe à les suivre. Né curieux, il ne fit pas injure à son atavisme…

*

Le bruit de la scie circulaire avait fermé le bec à la colonie de corbeaux des environs. Les fermiers, Gitane maïs aux lèvres, se lançaient les rondins de main en main jusqu'à la charrette atte-lée à un patient cheval de trait. Victor les y rangeait mollement.

Nourrice le vit. Elle en vibrait. Elle tapa sur l'épaule du scieur et lui enjoignit d'arrêter son engin. Les corbeaux reprirent un peu d'importance.

«Finalement, avoua Nourrice, je me trouve bien aise qu'il y ait du monde.»

Elle se rajusta une mèche, puis un sein. Le père Poret, après avoir jeté une bûche sur le tas, s'approcha pour poser une ques-tion. Elle l'en dissuada.

«Pardon le Père, mais c'est moi qui vais causer. Sinon, ça va faire désordre et j'arriverai pas à sortir les mots que je veux.

— Ce serait-y pas dommage!» souffla le pêcheur pour lui-même, davantage attentionné que sur son bouchon.

Nourrice avança de quelques pas vers Victor, apparemment toujours affairé.

«Hé! Toi le poivrot! Oui, toi, le Victor! Regarde donc par là.»

L'apostrophé se retourna. Il en lâcha un rondin. Il avait la mine grise et fripée des restes de sa soûlerie de la veille, de l'aigreur en réserve aussi.

«Qu'est-ce que tu veux? T'as tes époques?

— Ben voyons! Attaque, maudit raté! Ça te fait du bien de faire du mal. T'as pas changé. Toujours courageux. On va voir ce qu'on va voir!»

Victor se sentit en danger. Il prit les autres à témoin d'une voix un peu bêlante :

«Oh, les gars! Vous voulez l'écouter l'avorteuse? J'ai rien à voir avec elle moi.

— L'avorteuse! Ah! Ça te plaît de beurrer tes mots avec de la fausseté! Laisse-les tranquilles "les gars". C'est à toi que je cause. Qu'est-ce qu'elle t'a fait l'institutrice?»

Victor bafouilla :

«Quoi… qu'est-ce… non mais… ça te regarde pas.»

Nourrice commençait à le tenir. Elle croisa ses bras sur sa poitrine, pencha la tête sur le côté.

«Alors, qu'est-ce qu'elle t'a fait l'institutrice pour que tu la traites de salope – elle articula – oui, de sa-lo-pe et que tu fasses pleurer ton petit comme c'est pas permis?

— Qui c'est qui t'a dit ça? C'est pas vrai! Hein les gars?»

Ceux-ci se mouchaient, se curaient les ongles ou le nez, se grattaient le crâne sous leur casquette. Le patron, le père Poret, sollicité par une demi-douzaine de regards, se tenait coi. Les gars continuèrent leurs occupations silencieuses.

«Si que c'est vrai! tonna Nourrice. Et tout le monde le sait que t'étais soûl comme un cochon.»

Nourrice s'interrompit pour repartir froidement :

«Écoute-moi sac à vin, écoute-moi bien. Que tu fasses du mal à tes bêtes, c'est ton problème. Que tu fasses du mal à ta femme, c'est le sien… Mais que tu refuses à ton fils le bonheur de t'échapper, là, t'as pas le droit! T'es pas digne de l'avoir fait! Ça, tu le sais. C'est pour ça que tu l'aimes pas. Il a des chances de s'en sortir, lui, et ça, ça te rend morveux et mauvais. Et comme t'es lâche, tu t'en prends aux autres. Et comme tu y arrives pas à jeun, tu te soûles. Alors, le courage – le courage, tu parles! – te vient dans les veines et tu t'attaques à ceux que tu jalouses, les femmes de préférence. Comme t'as jamais pu vraiment leur causer proprement, tu les insultes. T'as pas de cœur, t'as pas d'âme, t'as pas de fierté, t'es qu'une bête!»

Victor courbait l'échine. Une ultime chiquenaude suffirait à l'envoyer bouler sur le tas de rondins. Nourrice le devina. Elle l'acheva :

«En attendant que tu te pendes, et je prierai pour ça, il faut qu'on se comprenne. Madame Labasle, tu l'as salie avec tes mots, tu lui as fait du mal devant ton gars. Tout ça parce que, comme moi, elle élève son enfant toute seule mieux que tu pourras jamais le faire. Ce que t'as dit, c'est une honte pour nous toutes. Alors, je te préviens : si tu t'avises de nous recommencer ce coup-là, tu me trouveras en face de toi… et tu dois te souvenir de ce que ça signifie!»

La chute laissa quelques témoins perplexes. Victor crut judicieux de ne pas insister. Il jeta un regard furibond vers Adrienne, sa femme, d'autant qu'il lui semblait qu'elle avait esquissé un sourire.

Pendant la harangue de Nourrice, Garcille avait plissé les yeux. Elle les avait vus à demi tous les deux. Et c'était encore plus drôle comme ça.

Nourrice, le quintal subitement gracieux, se permit une fausse sortie.

« Ah ! J'oubliais. Ton gars, laisse-le donc aller à sa guise au village. Ça vaut mieux pour lui. Et puis, t'as pas le choix. Et si t'as cinq minutes, excuse-toi. Mais pour ça, il faudrait que tu te montres correct et c'est pas vraiment dans tes façons… Tu viens Garcille ? »

La scie mordit de nouveau le bois.

Nourrice, dans le même équipage qu'à l'aller, presque aérienne, se tourna vers Adrienne tout en marchant.

« Et si tu nous payais un bon sou de café pour nous en remettre ? »

Le pêcheur en oublia sa rivière pour le partager.

✳

On entendit parler de l'incident pendant quelques jours puis, le sérieux de l'automne cachant l'été et ses dernières frasques, il s'éteignit dans les conversations. François avait eu vent de l'histoire par les sœurs Hanni. Michel s'était tu.

15

La modeste maison de Nourrice se dressait près du lavoir, non loin de la place centrale, légèrement en retrait de la rue. Une gouttière sur le milieu du pignon y formait à ses deux tiers un coude incurvé vers le toit. Deux mètres plus haut, au milieu des tuiles plates, un vasistas restait toujours entrouvert.

Ce samedi soir, alors que Nourrice et Garcille s'étaient rendues à une veillée de prière à l'église, une silhouette s'élança depuis le pied de la bâtisse. Les points d'ancrage du chéneau, dans sa partie verticale, facilitaient le début de l'escalade. La courbe vers le toit s'avérerait d'une autre nature. L'ombre passa l'obstacle avec précaution, le corps collé au mur, les mains s'arrimant aux rares creux entre les pierres. Arrivée à portée du faîte, elle attrapa le gros chevron de la charpente et, au prix d'un vif rétablissement, se retrouva juchée sur le toit. De l'église proche, on entendait ronronner des *pater noster*.

Le vasistas bascula sans problème. La silhouette s'assit sur le bord pour récupérer, les jambes à l'intérieur du grenier. Le faisceau de sa lampe lécha les combles. Elle y descendit. Aucun intérêt. Direction l'escalier. Chaussures ôtées, nouées par les lacets puis pendues autour du cou, elle emprunta le couloir de l'étage.

La porte de la première chambre grinçait légèrement. La torche fouilla la pièce. Un cosy y occupait tout un angle avec un ours en peluche sur le lit bien fait et des bibelots – quelques coquillages peints, plusieurs pots à confiture emplis de noisettes – sur les étagères.

L'armoire contenait des affaires de garçon. Maintenant, le faisceau de la lampe balayait les murs sur lesquels étaient punaisés quelques posters. Entre autres celui de Gardner Mac Kay, le capitaine Troy d'*Aventures dans les îles*, qui, posté à la poupe de son brick, scrutait l'horizon de son regard charbonneux. À son côté, celui de Blek le roc, fuyant la soldatesque anglaise, portant sous un bras le jeune Roddy et sous l'autre l'érudit professeur Occultis, tous deux gesticulant.

Près de la petite table qui devait servir de bureau à Marsel-Claude, un cadre de bois enserrait un dessin au crayon sur du papier Canson. L'artiste s'était laissé aller à un blues de gris et d'ocres lumineux dont on ne distinguait à première vue qu'une impression. Puis, rentrant dans la mélodie, on y trouvait un sens. En fond, une forêt massive jaillissait en grisés furtifs espacés par un flot de coups de gomme. Quelques traits plus insistés esquissaient comme un amas de pierres au premier plan. Ils suggéraient les contours d'un fortin à l'abandon sur une île. Une silhouette d'ange approximative voletait au-dessus. C'était signé M.C.

La chambre de Nourrice se trouvait tout aussi nette. Le portrait du nouveau pape Paul VI y remplaçait le capitaine Troy et la Vierge en médaillon Blek le roc . Une grosse armoire normande attira l'attention du monte-en-l'air.

Alors qu'il s'éloignait après l'avoir refermée, sans rien avoir trouvé, il se ravisa. Sous la planche séparant la penderie des étagères, l'espace entre les deux tiroirs visibles en dissimulait un troisième. Sans l'aide d'une clé ni d'une poignée, il fallait glisser la main pour en agripper le fond et le tirer. Le tiroir dérobé fut ouvert sans trop de peine.

La main plongea, tâtonna. Rien. Ah si! Un paquet attaché par un ruban.

Tout aussi prestement qu'à l'aller, la silhouette redescendit sur la terre ferme. Après cinq cents mètres d'une course vive et silencieuse, elle s'engouffra dans un chemin de traverse, jusqu'à une vieille grange. Là, le paquet fut caché dans une niche au pied du mur, colmatée par un morceau de brique. Puis la fuite, toujours agile et sans un bruit.

*

Quelques jours après, deux mains défirent le nœud, étalèrent le contenu du paquet. En tout : une dizaine de cartes postales, deux lettres et une photo.

Toutes les cartes dataient du début du siècle, avec la vue d'une même ville, grise et fortifiée. La première fut retournée. L'écriture, ou ce qu'il en restait, était fortement penchée vers la gauche, haute, hachée, les points n'appartenaient pas aux bâtons qu'on devinait être des I. Les U se confondaient avec les M et les N, et, comble de malheur, l'humidité avait dilué la majeure partie du texte, illisible, comme la signature, un demi-cercle infesté de pattes de mouche.

Une autre carte, puis une autre. Peine perdue, elles ne dévoileraient rien de leur contenu ni de leur auteur. La dernière, à peine mieux préservée, laissait entrevoir trois mots : «aimer», «partir», et «militaire».

Les lettres étaient moins anciennes, écrites de manière appliquée, presque enfantine.

Avril 1951

Ma sœur aimée,

Il sera dit que je te demanderai toujours de m'aider. Mon ventre me fait souffrir encore et encore. Le brave monsieur Duval, chez qui je fais des heures, se montre bon pour moi et s'applique à me soutenir pendant ma grossesse. Il m'a dispensée des corvées les plus dures et me traite comme une de ses parentes, sans poser de questions. Maintenant qu'avec ton aide (dois-je vraiment t'en remercier), je crois avoir sauvé l'enfant des fureurs de l'autre, son père, je ne sais si je pourrai consentir à l'accepter. Une chose est de lui donner vie, une autre est de l'élever. Comment assumer ma honte à presque quarante-cinq ans ? J'ai quitté un homme, j'ai retrouvé une bête. J'ai toujours été faible. Ah ! Que n'ai-je ta robustesse pour élever le petit qui me pousse ? Je pleure toutes les nuits que Dieu fait pour lui demander pardon. Je ne crois pas que je pourrai. Je ne crois pas. Je t'embrasse.

Ta désespérée sœur.

Septembre 1952

Ma sœur aimée,

Le petit cœur est parti vers toi dans le car de Villers, comme convenu. Avec ses changes, tu trouveras son acte de naissance. Comme si tous ces malheurs ne suffisaient pas, on l'a affublé d'un prénom à la manque lors de la déclaration à la mairie ! Je joins aussi les cartes et la photo que je répugne à jeter. Va-t'en savoir pourquoi. J'ai l'impression qu'elles datent d'une autre vie, d'un paradis avant l'enfer. Tu m'as donné tant de courage, mais maintenant cela ne suffit plus. J'ai décidé de me laisser aller à mon mal. S'il n'avait pas été assez fort, je suis certaine que je me serais tuée de toute façon.

Consens à accepter cet héritage vivant en mon souvenir. Sois bénie, adieu. Je suis déjà morte.

Ta défunte sœur.

La photo avait beaucoup jauni. Appuyées sur des fléaux devant une grange, sans doute lors d'une corvée de battage, deux fillettes souriantes entouraient un maigre adolescent grimaçant. Il les tenait par le cou. Au dos, seuls les trois premiers chiffres de la date demeuraient lisibles : 191…

16

Dans la classe unique étaient réunis la vingtaine d'enfants du village et des hameaux alentour. Un camaïeu gris-blouse. Maryse y jonglait avec toutes les divisions, du cours préparatoire à celui de fin d'études, alternant leçons pour les uns et devoirs pour les autres. Il lui fallait du talent pour moucher les petits dans le même temps qu'elle tentait d'intéresser les grands, déjà impatients de partir en apprentissage après leurs quatorze ans et un hypothétique certificat d'études.

Michel et François faisaient bureau commun, comme les sœurs Hanni, toujours inséparables. Garcille, à la même place depuis des années, au fond de la salle, se tenait souvent les coudes sur la table, la tête dans les mains, le regard envolé ailleurs. De temps à autre, Marsel-Claude se manifestait à la surprise de tous lorsqu'un sujet passait à portée de son imagination.

Pendant les récréations, François et Michel complotaient. Le Club comportait deux titulaires, les autres seraient bientôt pressentis. Le père Côtel fichait la paix à son fils. Adrienne, sa femme, sans rien laisser voir à Victor, incitait Michel à multiplier ses escapades au village. Il ne quittait plus François, du matin au soir, y compris les samedis et les dimanches. Il avait même pris sa première douche chez son ami, avec des mines de chat contrarié. Maryse surveillait son travail scolaire.

Il y peinait, souffrait de la comparaison avec François, facile, vif, brillant, immodeste.

✳

Il pleuvait ce jeudi en fin de matinée, jour sans école. Les deux garçons s'étaient abrités dans le lavoir.

«Donne ton poignet», ordonna François.

Michel retroussa la manche de son tricot. Le tranchant du couteau suisse s'enfonça dans le gras de son avant-bras.

«Ça saigne! souffla Michel.

— Il faut.»

François dessina une croix sanguinolente. Michel, la tête tournée pour ne pas voir, réfugia ses yeux sur ses pointes de pieds.

«À toi maintenant, lui intima François.

— Fais-le toi-même, j'ai peur de te couper.»

François n'hésita pas.

Il prit sa respiration et se zébra le poignet de deux traits. Il saisit le bras de Michel, mit lèvres à lèvres les deux blessures, en ajusta leur contact et appuya très fort.

«Nous mélangeons nos sangs pour devenir frères.

— Ouille! Comme dans *La Flèche brisée* avec Cochise, chuchota Michel, toujours grimaçant. Ouille!

— Maintenant, nous sommes comme Mick et François, des vrais frères.

— Tu en parleras aux filles? Purée, ça fait mal!

— Oui, bientôt.

— Faudra qu'elles se coupent, elles aussi?

— On verra, faut d'abord choisir Annie.»

✳

François et Michel avaient convoqué Roselyne et Betty au lavoir, après le catéchisme qu'eux deux avaient séché.

La vue de leurs tabliers à carreaux, de leurs socquettes à rayures, n'inspira guère François. Surmontant son manque d'entrain, il leur expliqua enfin son projet de créer un club, depuis la découverte du livre d'Enid Blyton jusqu'au hasard des presque homonymies.

« Moi, je veux la place d'Annie ! s'écria Roselyne en sautant de joie.

— Moi aussi ! » renchérit Betty, toute excitée.

Momentanément rivales, les jumelles grimacèrent aussitôt.

« Mais toi ? se questionnèrent-elles mutuellement, chacune embarrassée par son élan d'égoïsme.

— L'autre pourrait faire Dagobert, suggéra Michel.

— Laissez-nous toutes les deux, il faut qu'on parle, décida François.

Roselyne et Betty sortirent en chœur du lavoir, bras dessus bras dessous, en se chuchotant de la jérémiade.

« Difficile ce choix, dit François, si on en favorise une, l'autre saura tout, forcément. »

Michel, dépassé par le dilemme, n'aimait pas particulièrement réfléchir. La décision de François serait la bonne. À quoi bon l'aider à la prendre ? Même si lui, Michel, avait une petite préférence pour Betty. L'essentiel était qu'il fût dans le coup, qu'il gardât ce statut de second qui s'était esquissé dans l'ombre de son maître à jouer. Le reste, et notamment le choix de l'Annie, il s'en fichait, tiens, autant que de son premier zéro en calcul.

François n'avançait à rien et s'énervait. Michel, las d'attendre et de lire du tracas sur le front de son frère de sang, osa une suggestion :

«Et si tu les prenais ensemble? Comme elles sont jumelles, c'est pas comme si y'en avait vraiment deux.»

François fronça les sourcils, se grignota un bout de l'ongle du pouce. Il marcha vers la sortie du lavoir.

«Hé, les filles!»

Elles se précipitèrent, main dans la main, en poussant d'insupportables petits cris.

«J'ai décidé de vous donner le personnage d'Annie, à vous deux. Rendez-vous demain, après l'étude, pour la première réunion. Tu viens Michel?»

Corvée faite, les garçons plaquèrent les sœurs Hanni sans ménagement. Michel, docile, emboîta le pas de François.

«Je crois que j'ai eu une bonne idée», affirma celui-ci.

Roselyne et Betty, par réflexe, entonnèrent leur comptine connue d'elles seules en se tapant dans les mains.

17

Le samedi après-midi suivant, à l'imitation d'Errol Flynn qu'ils avaient vu à la télé dans *Robin des bois*, François et Michel furetaient dans la campagne, en quête de quelques souples mais solides badines de coudrier pour fabriquer des arcs.

En raison d'un coup de froid soudain, François avait enfilé un duffle-coat et Michel une vieille veste de coutil ainsi qu'un passe-montagne. Les deux garçons traversèrent un bosquet de sapins.

« On doit pas être loin de chez toi, dit François. Tu me fais visiter ? »

Michel fit le sourd. Le mort. Le sourd mort.

« T'as la honte ? » ricana François.

Michel balbutia :

« Mais… mes parents ?

— Tu sais, il n'y a pas de raison pour que ce soit moi qui t'invite toujours. Allez, un effort, merde ! J'en ai marre. Écoute, je te le dis : si tu veux pas, moi, je finirai par t'envoyer balader. »

L'ultimatum effaroucha Michel qui n'eut pas la force de refuser. Il craignit de froisser François auquel il tenait maintenant par-dessus tout.

« Bon, d'accord. Mais je te préviens, c'est moche, pas comme chez toi. Tu seras déçu. On n'a pas la télé et…

— Je m'en fous ! Je veux voir. »

Michel se soumit au caprice. Ils quittèrent le bois, traversèrent l'herbage qui les séparait du plant des Côtel.

« Attends derrière la haie, je regarde d'abord si mes parents sont là. »

Michel s'esbigna pour une reconnaissance. Lechien, veilleur de rien mais curieux, faillit se cogner à François et en glapit de surprise.

« Dagobert ! » souffla François.

François l'approcha. Lechien, méfiant, inclina la tête, s'aplatit, puis, rassuré par la main inoffensive qu'on lui présentait, émit un couinement résigné. Deux ou trois gentils mamours eurent raison de ses ultimes réserves au point qu'il en exécuta un saut de carpe incontrôlé, retomba sur le dos et fit la toupie.

« Faudra te dresser », l'avertit François.

Michel réapparut, toujours aux aguets. Il prit un air contrit.

« Y'a personne. Mais c'est pas rangé. Ah ! T'as vu Lechien. Alors ? Il est pas idiot, hein ? »

François leva la main dans un geste qui signifiait « couci-couça ».

Ils pénétrèrent dans la maison. La pauvreté du lieu surprit François. Sous le regard inquiet de Michel, il s'attarda à une inspection minutieuse. Les poutres de chêne étaient noircies par la fumée. Du sol de terre battue, bosselé par endroits, s'élevait un mur éboulé en son sommet et qui ouvrait sur l'étable dont l'odeur emplissait la salle. La vaisselle encombrait toute la table, les bûches jetées en vrac auprès de la cuisinière, le garde-manger rafistolé avec du fil de fer. Une lampe à pétrole reposait sur un buffet deux corps, calé par des rondelles de sapin. Il montra l'évier.

« C'est quoi ça ?

— Un filtre pour avoir de l'eau potable ; ça donne un litre à l'heure.

— Qu'est-ce qu'elle fait ta mère ? »

Michel chercha en vain.

« Ben… rien.

— Elle ne pourrait pas être seule alors. »

François continua sa visite, sans prendre garde à l'embarras de Michel. Il s'assit à la table et s'empara machinalement d'un bloc de papier tout noirci de gribouillis.

« C'est quoi, ça ? »

Michel commençait à trouver le temps long.

« Rien, mon père qui écrit ses heures pour les corvées chez les autres. »

Illisibles les notes, tout obliques, hachées et penchées très fort vers la gauche, avec une signature en forme de demi-cercle.

« Et ta chambre ? demanda François après un bon moment.

— J'en ai pas, je couche dans celle de mes parents. On est pauvres, tu sais. Tu veux boire un coup de cidre ? »

François oublia la chambre. Dans le buffet, Michel saisit à la hâte une carafe poussiéreuse et deux solides verres Duralex, réputés incassables, d'une propreté douteuse. Il les remplit d'un cidre foncé et âcre. Ils l'avalèrent en grimaçant. Un verre puis deux, enfin un troisième qui soulagea Michel de sa trouille et colla François à son banc. Les voilà victimes d'un début d'ivresse, grisés par la force du cidre. Ils trébuchaient de la voix et du geste, rigolaient bêtement pour un rien. François rata sa caresse à Lechien, Michel se cogna le menton sur la table après avoir posé son coude dans le vide. Les poutres entamèrent une gigue au plafond, le verre de la lampe à pétrole se lança dans une danse du ventre.

Michel rêvait, les doigts dans le nez.

«Faudrait mettre des prises pour la télé. J'en achèterai pour ma mère. Tu vois, ma mère, elle serait bath si elle avait de la chance.

— Ouais, on devrait l'aider… poil au nez.

— Oui, mais je sais pas comment faire… poil au derrière!»

Ils se boyautèrent comme des perdus. La crise de rigolade dura, dura, renaissant de ses propres éclats, incontrôlée, nerveuse, douloureuse, enfin lancinante puis «mal-au-cœureuse». Pour finir, les deux garçons vomirent sur les poireaux dans le jardin.

Ils se retapèrent d'une petite sieste sur un talus, puis s'en revinrent au village avec un Dagobert virtuel et une vraie gueule de bois.

*

François lorgnait Marsel-Claude pendant la classe. Garcille restait la seule personne qui lui échappait. Il manipulait Michel à peu près comme il voulait, de manière parfois humiliante, comme mû par l'envie de faire du mal. Ainsi, il lui interdit de participer à une séance de dressage de Lechien, sous le prétexte que l'animal avait pris de trop mauvaises habitudes avec son ancien maître. Le nouveau Dagobert, mine de rien, s'était carapaté en feignant de courir derrière un stupide bâton.

Les sœurs Hanni se piquaient au jeu à leur façon. Leur père souriait de leurs allures de conspiratrices lorsqu'elles rejoignaient les deux garçons dans le lavoir. Leur mère était terriblement préoccupée.

Nourrice ne démordait pas de son envie de voir Garcille s'épanouir. À cette fin, elle l'emmenait pendant ses heures de ménage à l'école, exprès. Là, Maryse y corrigeait souvent ses cahiers en compagnie de François. Nourrice poussait alors Marsel-Claude à jouer avec lui. Garcille parlait peu et rarement à quelqu'un. Leurs jeux se pratiquaient en silence le plus souvent, faits d'appels frôlés, de questions indirectes et de réponses données à l'aveuglette, à un mur ou à l'air du temps. Ils s'échappaient en permanence, dans un halo de méfiance mâtinée d'un peu d'esbroufe.

Le soir, entre chien et loup, quand la nuit tombante amplifiait les bruits, quand l'univers se limitait à un espace plus confidentiel que pendant la journée, François demandait, l'œil au bout de sa chaussure.

« Tu nous emmènes à l'Île aux épines ?

— Non », répondait Garcille en regardant ailleurs.

François lui en voulait.

Marsel-Claude ne le détestait pas, mais elle ne le trouvait pas encore digne de l'accompagner. Il ne lui paraissait pas suffisamment « authentique » pour mériter un tel honneur.

18

Ce mercredi soir, alors qu'elle rentrait chez elle après avoir ciré le parquet de la classe, tout éreintée par l'effort, Nourrice ouvrit sa boîte à lettres. Elle y trouva une enveloppe cachetée avec son nom écrit en lettres majuscules. Intriguée, elle s'installa dans un fauteuil du salon en se tenant les lombes. Elle décacheta l'enveloppe, déplia la feuille – des majuscules également – et lut :

« Rendez-vous ce soir à la clairière de la Croix du Houx, près de l'Île aux épines. À dix heures. J'ai les lettres, les cartes et la photo. »

Nourrice se précipita dans sa chambre, ouvrit son tiroir dérobé, le fouilla à la hâte et resta pantelante. Le paquet avait disparu. Ses jambes se mirent à flageoler. Elle s'assit sur son lit, porta sa main à sa poitrine. Elle entendait tambouriner son cœur.

Le pire était arrivé. Elle cherchait à comprendre. Qui pouvait lui avoir volé les souvenirs qu'elle tenait de sa sœur et ainsi, probablement percé le mystère de Garcille ? Tout se passait pourtant si bien. Au point qu'elle-même n'y pensait plus guère, quasi persuadée que le passé était irrémédiablement enfoui. Alors ? Toutes ces années de précautions n'auraient-elles servi à rien puisque quelqu'un – mais qui ? – s'était introduit chez elle et s'était emparé de son secret. On ne lui ficherait donc jamais la paix à Marsel-Claude !

La colère lui vint.

« On me cherche ? On me trouvera ! »

Garcille fut fermement invitée à ne pas rechigner à avaler sa soupe parce que les légumes étaient mal écrasés. L'enfant anticipa l'ordre de Nourrice en s'éclipsant de bonne heure dans sa chambre.

À neuf heures et demie, Nourrice mit un second gilet, et, précaution supplémentaire, passa un imperméable. Elle sortit dans le froid de la nuit.

La clairière de la Croix du Houx se situait à deux pas de l'Île aux épines, à trente bonnes minutes de marche. Il fallut à Nourrice traverser tout le village pour emprunter une sente montant vers la Tonsure depuis la route. Le maigre halo de sa lampe de poche lui éclairait le chemin.

La lumière faiblarde d'un vélo zigzagua vers elle.

« Hé, Nourrice ! C'est pas prudent de s'promener à c't'heure, lui lança Malouki.

— T'as raison, tu ferais mieux de rentrer », répondit Nourrice sur un ton suffisamment rogue pour que le traînard s'esquive sans poser d'autres questions.

Elle était tendue, dévorée par la colère.

« Quand est-ce qu'on nous fichera la paix ? Quand ? Courir la campagne à point d'heure, c'est plus de mon âge ! »

Le chemin mal empierré qu'elle empruntait se rétrécissait bigrement. Elle soufflait en trébuchant dans la montée. Arrivée dans le bois, elle respira un coup, se repéra. Elle la connaissait, la clairière de la Croix du Houx ! Fief des amoureux du village depuis la nuit des temps. Nombre de filles s'y étaient, un beau soir d'été, laissé trousser leur jupe sous la caresse d'un galant aux doigts curieux. Peut-être était-ce là que sa sœur avait retrouvé l'élan de ses seize ans dans le reliquaire de ses plus de quarante, les offrant en pâture à une bête des bois ? Nourrice fouillait ses souvenirs et leur cortège de questions. Pourquoi le hasard avait-il été fécond ? Et, quand son œuvre se révéla, pourquoi avait-elle résisté aux prières de son aînée ? Nourrice savait pourtant comment faire des anges… Mais quel dommage cela aurait été que Marsel-Claude en fût un ! Il ne fallait rien regretter. Et puis, c'était un peu de son sang. L'enfant était arrivé alors que la vie de Nourrice prenait l'odeur de naphtaline. Mère de substitution, elle le devint au décès de la vraie, depuis longtemps morte dans sa tête. Comment aurait-il pu être normal, son petit ? Les chiens ne font pas des chats.

*

Nourrice tressauta. L'ombre n'était que celle d'un orme rabougri. Elle reconnut l'endroit avec une pointe de nostalgie, s'installa sur une souche gravée de promesses faites de flèches, de cœurs et d'initiales entremêlées. Son doigt suivit l'empreinte d'un cœur… Le sien cogna lorsque les branches bruissèrent à quelques pas.

« Qui va là ? » demanda-t-elle militairement.

Nourrice entrevit en premier dans la pénombre le clignotement de la lumière d'un vélo, puis des bottes. Au-dessus de celles-ci flottaient les pans d'une gabardine d'où sortait une tête plutôt maigre. La lune, bien qu'aimable, se montrait pingre en lueur. Pour se voir et se reconnaître, Nourrice et l'ombre d'en face devaient se rapprocher.

« Y'a quelqu'un ? demanda l'ombre.

— Évidemment, puisque tu m'as invitée, crapule ! J'aime pas les lapins, je viens toujours aux rendez-vous. Qui es-tu ?

— Crapule, oh ! doucement, hein ! Et toi ? »

La voix ne lui paraissait pas inconnue.

«Tu dois le savoir puisque tu m'as écrit de venir!

— Pas du tout! C'est sûrement toi qui m'as envoyé le papier! Qui es-tu?»

Nourrice se leva. On aurait dit un duel. Chacun tentait de distinguer les traits de l'autre. La roue du vélo grinça avant de s'immobiliser.

«Ça alors! Toi! L'avorteuse! Décidément.»

Nourrice se rassit sur sa souche.

«Tu peux m'expliquer? demanda-t-elle.

— Qu'est-ce que c'est que cette embrouille? J'ai rien à te dire! Tu te venges rapport à l'histoire de l'autre jour?»

Nourrice ne comprenait rien, son interlocuteur non plus.

«Enfin, tu m'as bien écrit pour les lettres et les photos? questionna la silhouette.

— Mais non, c'est toi qui m'as écrit que tu voulais me les redonner!

— Montre…» demanda Nourrice.

Elle braqua sa lampe de poche sur la lettre qu'on lui tendait.

«C'est pourtant vrai que tu y es pour rien, reconnut-elle. Alors, quelqu'un d'autre sait pour Marsel-Claude? Mais qu'est-ce que ça cache? Décidément, avec toi, c'est toujours des histoires!»

Nourrice retrouvait sa hargne. L'ombre dévoilée aussi.

«Mais je t'ai rien demandé, précisa-t-il. C'est pas de ma faute si on est dans la mouise. J'en voulais pas, moi, du "moinstron[3]". T'avais qu'à le faire sauter. Tu l'as fait pour d'autres, non?

— C'est ton gosse quand même!

— Ta sœur était marteau, t'as vu le résultat.

— Ça t'a pas empêché de…

_____

3. Petit monstre.

— Et alors! Elle a pas appelé sa mère! C'est pas moi qui lui ai écarté les cuisses! Elle a pas pleuré pendant la secousse!»

Nourrice fut choquée par les mots.

«Parle pas comme ça. C'était ma sœur. Un peu de respect. Pourquoi que tu l'as pas mariée? Vous vous entendiez si bien dans le temps.

— Avant, elle était pas folle.

— Mais tu l'as aimée avant de partir, non? Vous avez fricoté ensemble jusqu'à ses dix-huit ans. Pendant cinq ans, oui, parfaitement! Tu peux pas me dire que t'as oublié tout ça… Les foins, les moissons, les châtaignes, toujours tous les trois. J'ai encore… j'avais encore une photo de ce temps béni… Et vous profitiez de ce que j'étais petite pour vous sauver à la moindre occasion, pour vous bécoter dans les coins. C'était pas de l'amour, ça? Et les cartes que tu lui envoyais les premières années : c'est pas toi qui les écrivais?

— Cinq ans d'armée, vingt ans de misère, dans tous les mauvais coups… Ça aide pas, ça aide pas, marmonna l'autre.

— Pourquoi t'es parti, hein? Pourquoi on t'a revu qu'après la fin de la Deuxième Guerre, hein? T'avais une amoureuse qui t'attendait et qu'est devenue folle de peine. Pourquoi? T'avais quelque chose à cacher?

— Comme si tu savais pas…

— Personne ne sait rien ici à ce sujet. On raconte que t'as été en Afrique ou que t'as fait de la prison. C'est vrai?

— J'ai pas envie d'en causer. Le mal est fait.»

Ils se turent un instant. Nourrice se leva, passa devant l'autre qui détourna la tête.

«À quoi ça sert tout ça? demanda-t-il. On s'est déjà parlé et on n'est pas d'accord. Y'a pas à regretter, c'est fait.

— Trop facile de faire le Ponce Pilate! protesta Nourrice. Courir après une presque vieille avec un fusil! Heureusement que j'étais là!

— J'avais bu.

— Tu l'as fait mourir quand même. De chagrin. Si ton gars savait ça.»

Il eut peur.

«T'as l'intention d'y balancer?

— Rassure-toi, je me tairai. J'aurais trop honte que Garcille apprenne que t'es son père. Elle mérite mieux qu'un ivrogne.

— J'ai pas bu ce soir, se défendit-il. Et puis, si tu l'élèves, c'est que ça te gêne pas trop.

— Disons que j'ai mes raisons.»

Ils marchèrent quelques mètres.

«C'est une fille ou un garçon? demanda-t-il.

— Qu'est-ce que ça peut te faire?

— Ça me fait, soupira-t-il, ça me fait.»

C'était un moment sans rime ni raison, où tout vacillait, où les haines et les passions s'effilochaient, comme si dans la nuit s'amortissaient les sentiments les plus contraires, tombés d'une planète éteinte.

«Alors, qu'est-ce qu'on décide? voulut savoir Victor.

— On se tait. On pourra toujours en discuter s'il le faut.

— Et si ça sort, si l'histoire se sait?

— Faudra payer. C'est ça la justice. Tout le monde verra que t'es un salaud même si beaucoup s'en doutent déjà.»

L'attaque de Nourrice fit long feu. Victor ne s'emporta pas.

«Tu m'en veux encore?»

La question était presque émouvante. Nourrice résista à l'envie de s'apitoyer. Pourtant, il lui sembla qu'un pardon aurait eu un sens.

Ils repartirent vers le village. De temps à autre, parce qu'il fallait bien remettre ses pieds dans ses chaussures après avoir erré quelques minutes à côté d'elles, une parole un peu plus tonique dépassait de la conversation et se perdait dans la nuit froide.

19

Un soir de la fin novembre, Maryse préparait sa classe pour le lendemain. Nourrice l'y avait rejointe. Elle n'y tenait plus, elle devait s'épancher. Elle tordait machinalement sa serpillière.

«Madame Labasle, il faut que je vous dise…»

Maryse encouragea Nourrice d'un regard bienveillant.

«Il faut que je vous dise… Ah! Avant, laissez-moi vous embrasser!» s'exclama la femme de service.

Elle pressa Maryse sur sa poitrine et lui déposa deux bécots sonores sur les joues.

«Ah! Que c'est bonheur de biser quelqu'un qu'on respecte!

— Je vous aime bien, moi aussi, répondit Maryse. Quelque chose vous tracasse?»

Nourrice lui conta l'histoire de Marsel-Claude, d'un trait. Elle parlait presque en s'excusant, avouait sa crainte que son enfant restât seul lorsqu'elle-même deviendrait trop vieille pour l'aider.

«Vous comprenez, je ne peux pas tolérer qu'on le… la maltraite. Qu'est-ce que je peux faire?»

Maryse, après une hésitation, lui demanda :

«Pourquoi n'avez-vous jamais révélé la vérité à Garcille? Ni à Michel?»

Nourrice recula d'un pas, effarée.

«Mais c'est un secret, voyons Madame Labasle!»

— Peut-être, Nourrice, mais ce secret-là, un jour, il pèsera lourd.

— Qu'est-ce que vous voulez dire ?

— Il n'existe pas d'enfant qui n'ait pas envie de découvrir ses origines lorsqu'elles lui sont cachées. Un jour, votre Garcille partira à la chasse au secret, et connaissant l'animal comme je le connais, il trouvera.

— Maryse ! Imaginez sa douleur d'apprendre le nom de son père ! Et puis, Marsel-Claude me l'a point demandé.

— Ça ne l'empêche sûrement pas d'y songer.

— Jamais de la vie !

— Ne croyez pas votre enfant plus sot qu'il ne l'est en réalité… Votre Marsel-Claude : c'est de la vie en réserve, de l'énergie à l'état brut.

— Ah ! Vous pensez ?

— Tout à fait.

— Alors, pourquoi qu'il est drôle ? »

Maryse chercha une formule susceptible de réconforter Nourrice.

« Monsieur Hanni m'a prévenue l'autre jour : "Garcille, c'est quelqu'un trop dans sa vie pour s'occuper de celle des autres". Laissez-lui donc le temps d'en sortir. »

Nourrice saisit la balle au bond, revigorée.

« Là ! Vous voyez que j'ai raison. Faut attendre ! »

Maryse sourit à l'entêtement de Nourrice.

« D'accord, d'accord. Vous et vous seule décidez.

— Il a parlé de ça, Placide ! Il cause juste quand il veut ! Quel malheur qu'on n'ait jamais eu l'occasion de se parler avant que vous arriviez avec François. Vous nous avez fait du bien, Maryse.

— Merci.

— Vous direz rien n'est-ce pas ?

— Vous pouvez compter sur moi. Tenez, passez donc à la maison demain après-midi. Et amenez Garcille, je prépare une petite surprise pour François. »

Elle lui en chuchota la raison à l'oreille. Rendez-vous fut pris pour cinq heures, après l'école. Nourrice, soulagée, se promit d'aller acheter des sucreries chez le Roumain.

✳

Le lendemain vendredi, les sœurs Hanni se retrouvèrent assises sur le tapis du salon en compagnie de François, Michel et Marsel-Claude, le nez sur le poste de télévision.

Nourrice, légère, mondaine, gardait le petit doigt en l'air même après avoir posé sa tasse de thé. Elle avait distribué ses bonbons aux enfants en leur recommandant de ne pas les croquer. En écho, Maryse avait ajouté un commentaire sur les risques de caries. Ensuite, les deux femmes visitèrent le jardin, bavardèrent avec madame Hanni par-dessus les troènes. Pierre, revenu du travail, fut inspecté de pied en cap par Nourrice. Elle lui aurait volontiers chipé un des baisers qu'il donna à Maryse, comme ça, pour goûter. Elle les trouvait beaux, parfaitement assortis, complémentaires. Leur bonheur ne la rendait pas jalouse, elle avait plutôt l'impression d'en profiter un peu. Même si elle reprochait à Pierre de se montrer un brin mollasson.

L'ambiance sur le tapis se maintenait au calme. Marsel-Claude, le menton sur les genoux, souriait vaguement, elle se sentait des fourmis dans la langue. Il s'agissait d'un besoin tout frais, imprécis, un désir trouble qui pour le moment ne pouvait pas encore passer par les mots, trop importants pour être utilisés à l'emporte-pièce. Elle leur substituait le dessin où elle pouvait assembler des milliers d'impressions sous un trait muet. Ce jour-là, elle avait envie de dessiner des mots.

À la fin d'*Au nom de la loi*, un des feuilletons préférés de François, Joss Randall venait d'expédier *ad patres* un méchant vacher. Il relaçait l'étui de sa Winchester sur sa cuisse. Placide Hanni entra à cet instant suivi de Solange. Il fit signe aux autres grandes personnes, compta «un, deux» en tapant du pied.

«Joyeux anniversaire, joyeux anniversaire, joyeux anniversaire… François, joyeux anniversaire!»

Les cinq enfants sursautèrent. Ils se retournèrent et découvrirent la chorale improvisée. Les yeux de François brillaient. Maryse s'approcha de lui.

«Bon anniversaire, mon garçon. Nous t'avons préparé une belle surprise, non?»

On s'agita, les cadeaux passèrent du dos des donneurs aux mains de François. Solange offrit un jeu de Mille Bornes, Pierre une série de voitures Dinky Toys, Maryse le dernier exemplaire du *Club des Cinq*. Nourrice avait préparé un gâteau qu'elle découpa.

«Oh! Enid Blyton, interjeta Placide avec un coup d'œil entendu, voilà un bon auteur pour vous. *Le Club des Cinq* : ça vous donnera sûrement des idées.»

Le regard de Marsel-Claude s'alluma; les autres enfants dissimulèrent leur jubilation.

La télévision ronronnait toujours. Jacqueline Caurat, la *speakerine*, annonça un communiqué spécial. Léon Zitrone apparut, avec les mêmes mentons que ceux de Nourrice : *Mesdames, Messieurs, bonjour. Le Président John Fitzgerald Kennedy a été victime d'un attentat lors d'une visite à Dallas, Texas. Il a été atteint de plusieurs balles dans la région du cerveau…*[4]

Le gâteau d'anniversaire perdit de son attrait. Maryse se blottit contre Pierre. Le sourire de Placide Hanni se figea. Solange et Nourrice retenaient leurs larmes.

… Les images que vous découvrez en même temps que nous ont été filmées juste avant le drame. Le Président salue la foule en compagnie de sa femme, Jacqueline Bouvier, d'origine française…

« On s'en fout ! s'exclama Pierre.

— C'est dégueulasse ! ajouta Maryse.

— Après Édith Piaf il y a peu, déplora Nourrice.

— Et Cocteau… Jacques Cocteau ! » ajouta Placide, sans que cela amenât de sourires.

Zitrone continuait : *… Dès les premiers impacts de balles, le Président s'est affaissé, très grièvement atteint…*

Les enfants, devant les mines déconfites des adultes, furent autant bouleversés par celles-ci que par l'information.

Tous au chevet du Président, ils revirent John-John et Caroline qui jouaient à la Maison-Blanche. Puis Zitrone reprit : *Le président Kennedy est mort…*

Marsel-Claude regarda tout son monde. Pour une fois, la première sans doute, celui-ci lui parut tenir debout, rassemblé et harmonieux autour d'une émotion qui n'évoquait pas de la bimbeloterie. De vrais yeux attristés l'entouraient. Sur le bout

---

4. L'auteur a pris quelques libertés avec les conditions dans lesquelles cet événement a été annoncé.

du nez de Placide, une bizarre goutte de larme faisait de la balançoire.

Elle pinça le coude de François.

«On ira à l'Île aux épines», lui confia-t-elle.

20

Le poêle à charbon ronronnait au milieu de la classe. Les patères du couloir croulaient sous les manteaux et les cache-col. Les nez des élèves, rougis par le froid d'un hiver rude, luisaient au-dessus des cahiers. Maryse avait donné à tous les grands un devoir identique, une rédaction : « Racontez le meilleur souvenir de vos vacances de Noël. »

Cinq d'entre eux traitèrent le même sujet, chacun à sa manière.

François Labasle

J'ai vécu une aventure extraordinaire. Je ne la dévoilerai pas complètement sinon elle ne serait plus mystérieuse et ce serait dommage. Je dirigeais une expédition vers un endroit dangereux. Les membres du groupe dont j'assurais le commandement étaient au nombre de quatre et un chien pour faire l'éclaireur. Il fallait du courage. Mais j'en ai.

Nous partons le matin de bonne heure avant le lever du jour. Je dis à mon adjoint de jeter un œil sur l'itinéraire. Il m'obéit en s'appliquant sur les schémas. Les filles vérifient le contenu des sacs à dos. Nous laissons une lettre pour nos parents au cas où il nous arriverait un malheur. Je repense à mon père disparu dans une autre aventure : finalement, je suis son digne héritier. Bon sang ne saurait mentir !

La marche dans le bois est rendue difficile à cause du brouillard très dense qui dissimule les obstacles. Les filles ont peur. Je suis obligé de les houspiller pour les faire avancer, sauf la cousine qui est peut-être un garçon et qui vient de rejoindre le Club.

Nous arrivons à la barrière de ronces d'une hauteur impression-nante. Mon adjoint la franchit à mon signal. Il nous fait signe que c'est bon. On fait pareil. Les bâtons taillés par nos soins nous sont fort utiles pour abattre les épines qui infectent le passage. Nous sommes livrés à nous-mêmes, loin de la civilisation. Plus rien ne nous rattache au monde des vivants. J'ai la responsabilité des autres sur mes épaules. C'est un sentiment important. Arrivés au bord de l'étang gelé, il a fallu traverser. Je prends le risque de le faire le premier. D'ailleurs, le chien était déjà passé. S'il pouvait le faire, moi aussi !

On arrive en bas d'un roc impressionnant. La cousine retrouve la corde avec laquelle elle s'entraînait. Je décide que seuls elle et les garçons monteront. Vainqueurs du formidable promontoire, nous jouissons d'un panorama extraordinaire.

Je grave mon nom sur une pierre du château éboulé au milieu de l'Île. Les autres sont fiers de moi, même les filles restées en bas.

Michel Côtel

Mon meilleur souvenir, c'est l'autre jour.

Je me levais pour sortir. C'est pas coton de me cacher derrière le paravent avant le jour de l'aube pour m'habiller sans bruit. Mon père ronfle comme un sonneur. Je pique un quignon de pain. C'est de la prévoyance. Dans notre première aventure du Club, j'espère que tout va bicher. Les sœurs sont sorties avec des provisions. Monsieur Hanni leur a fait au revoir. Il nous a demandé de pas rentrer trop tard. Il croyait, comme les autres parents, qu'on partait ailleurs! Mais chut!

Il caille. Y'a des boules de glace dans les arbres. Les filles ont la trouille. Je fais un peu le chef quand Francis (mais c'est pas son vrai nom) me donne des ordres pour trouver des passages. Je suis le plus petit pour me couler dans les trous. La cousine court aussi vite que Dago, mon chien. Elle obéit aussi mal que lui. Francis, ça l'énerve.

Sur l'eau gelée avant les ruines de l'Île, il a essayé de passer le prem, mais ça a craqué. Alors j'ai foncé. Pas les filles sauf la cousine. On a mis des branches pour Francis qui pétochait. La corde pour monter était cassée, foutue par l'intempérie. Là miracle! Dago a reniflé une piste. On l'a suivi. Il a trouvé un chemin mystère et boule de gomme. J'étais comme un joyeux derrière le chef du Club. Vous pouvez pas savoir.

Les sœurs ont crié. Nous aussi sur le haut. Mon chien frétillait de la queue et était heureux comme un fou.

Je suis digne maintenant. Ça va durer.

<u>Roselyne Hanni</u>

Notre meilleur souvenir fut, un beau jour de décembre, de nous enfoncer dans la forêt profonde. Le soleil se levait à peine, l'air était frais, nous avions le cœur qui tapait dur dans nos poitrines.

Nous embrassâmes nos parents comme pour un départ en vacances. Ma sœur ne me quitta pas d'une semelle. Les garçons firent un peu les idiots. Ma sœur et moi chantâmes notre comptine tout le long. Les sapins avaient revêtu leur parure givrée. Quelques lapins fuirent dans nos jambes. Que la nature était belle !

L'un des garçons qui nous accompagnaient bouscula un peu l'autre pour qu'il traverse l'étang. L'ambiance ! L'autre fille (enfin, fille…) lui jeta un regard drôle. Après nous fûmes seules ma sœur et moi. Nous nous blottîmes comme des oisons dans leur nid. Nous n'eûmes pas peur.

Nous appréciâmes cette petite aventure, même si nous n'atteignîmes pas le bout de la course qui n'était finalement qu'un vieux tas de ruines. Comme dit notre père : l'essentiel est de se contenter de ce qu'on aime !

Betty Hanni

Beau souvenir que le nôtre, n'est-ce pas ?

Nous enfoncer dans la forêt profonde, un superbe jour de décembre ! Les premiers rayons de soleil brillaient, l'air était vif, nos cœurs battaient fort.

Nous fîmes la bise à notre père et à notre mère comme pour partir en vacances. Bien évidemment, ma sœur ne me quitta pas d'un pouce. Je confirme que les garçons firent énormément les idiots. À mon avis, pour crâner. Moi et ma sœur chantâmes notre refrain préféré en permanence. Les conifères avaient revêtu leurs manteaux d'hiver. Quelques lapins, à moins que ce ne soient des lièvres, détalèrent entre nos jambes. Quelle nature splendide !

J'ai vu aussi un des garçons qui poussa l'autre sur l'étang. Ça déplut effectivement à la fille qui ressemble à un garçon. Ou l'inverse.

De fait, une fois seules, nous nous sommes blotties ensemble comme des <u>oisillons</u> (et pas « oisons ! ») dans leur maison.

Nous goûtâmes cette histoire, même si les autres avancèrent plus loin dans un endroit qui n'était qu'un tas de cailloux inintéressant.

Bien d'accord. L'essentiel est de faire ce qu'on aime, comme dit notre père.

Marsel-Claude

J'ai pas de vrai meilleur souvenir. «Mais ça viendra» me dit Nourrice. Mais j'écrirai quand même deux mots de l'Île aux épines, avec le Club.

C'était comme s'ils étaient rentrés dans mon dessin. En faisant un peu de cinéma, on y a été. C'était comme une corvée préparée. Pas un voyage. Mais j'ai assez aimé. J'ai «deux bras deux jambes» dit Nourrice. Eux aussi. C'est juste une prison d'enfance qui s'ouvre. Ça va continuer.

Je sais que l'Île aux épines c'est comme le début d'une aventure qui durera. J'aime faire Claude dans le Club, le garçon manqué. Les deux Annie sont un peu bébêtes et je me préfère. François, je me méfie. Pas Mick. Faut garder l'histoire maintenant. C'est un début j'en suis sûr. Mais faut rien dire, Madame Labasle. S'il vous plaît! Faut pas me donner de note.

21

Ainsi fut relaté l'épisode de l'Île aux épines dans les rédactions. Maryse les lut avec amusement et émotion tout en se gardant de tout commentaire – même aux deux sœurs Hanni qui, comme d'habitude, avaient copié l'une sur l'autre.

Leurs auteurs avaient décidé de s'appeler le Club des Six pour, sans trop s'éloigner du livre, tenir compte de la petite variante introduite par la présence des deux Annie. Ils suivirent en cela l'argument de Placide qui les aida sur ce coup-là, comme il le ferait toujours, tant il lui plaisait de les voir se souder les uns aux autres, notamment ses filles qui échappaient ainsi à une emprise maternelle un peu étouffante.

Marsel-Claude accepta d'en faire partie, sans aucune réticence, lors d'une réunion dans le lavoir. Garcille obéit à un élan intérieur qui lui dictait de prendre son envol. À la proposition de François, elle répondit par un sourire, puis dans un accès de ferveur surprenant, par un vigoureux serrage de main aux compagnons. Lechien, transformé en Dagobert, passa sous le délicat commandement de cinq maîtres.

Le Club et les personnages devinrent une seconde peau dans laquelle ils s'immiscèrent, puis s'épanouirent. Leurs relations s'intensifièrent au point de devenir quasiment permanentes. François fut proclamé chef, ce qui le rendit encore un peu plus prétentieux. Michel lui, apprécia d'être conforté dans son rôle de second. Marsel-Claude hérita d'un statut équivoque aux confins de l'indépendance. Aucune alternative n'était possible puisque Garcille n'était point du genre à se laisser embastiller dans un quelconque emploi. Roselyne et Betty, un peu moins aptes à la rêverie, moins prêtes à basculer dans l'imaginaire, ressemblant en cela à leur mère, se cantonnèrent dans une fonction secondaire et, pour tout dire, assez utilitaire.

Lechien suivait.

✳

La troupe fit corps, se souda. François lâcha peu à peu de sa morgue, Garcille de sa retenue. Tout à leur construction commune, ils vécurent un début d'hiver ludique, leur jeu l'emportant sur la réalité.

Les parents, sauf les Côtel, toujours à l'écart, devinrent des complices discrets. Maryse relut les ouvrages d'Enid Blyton. Nourrice ne se lassait pas de voir les lumières s'allumer au fond des quinquets de Marsel-Claude. Maryse lui ouvrit sa porte pour lui donner l'occasion d'écouter ses disques en buvant un thé que Solange Hanni quelquefois partageait. Pierre osa se promener en survêtement devant François. Il défia Placide à la belote. Seuls les Côtel pâtirent de la naissance du Club des Six puisque, outre leur fils, leur chien les délaissa.

✳

L'hiver montra une rudesse inhabituelle. Curiosité d'apocalypse : le gel s'était emparé de la mer qui formait un début de banquise. À la radio, on annonçait des phoques. Les Six se piquèrent d'aller voir le spectacle à pied, emmitouflés dans de vieux pardessus dénichés par Nourrice qui n'avait pas une haute opinion de l'efficacité des vêtements modernes face aux morsures d'un froid venu de la nuit des temps.

Ils cheminèrent en file indienne, l'haleine brumeuse. Longtemps. Ils traversèrent la Tonsure, s'engagèrent dans un marais glacé, escaladèrent enfin la dernière dune au sommet de laquelle, l'un après l'autre, ils se figèrent devant un paysage hallucinant.

Les vagues s'étaient arrêtées de rouler, leurs crêtes pétrifiées par le gel. Tous deux perdus dans un ciel mélangé à la mer captive, la lune et le soleil réfléchissaient une lumière pâlotte. Des mouettes perchées sur l'écume engourdie piaillaient. Un corbeau passa, insolite. Les enfants restaient immobiles, emportés par l'endormissement du lieu. Lechien leva un crabe rescapé de l'anesthésie générale. François profita de ce regain de vie.

« Il faut faire la promesse. »

Il sortit un calepin de sa poche. Les autres partagèrent la solennité de l'instant. Ils tremblaient de froid et d'émotion. François prit la main de Marsel-Claude qui frissonna. Garcille tendit son autre main à Michel. La chaîne se poursuivit jusqu'aux sœurs Hanni. Betty renonça à attraper la patte de Lechien qui voulait jouer.

François lut :

« *Nous tous, Marsel-Claude, les Annie, Dagobert, Michel et François, réunis ici, nous décidons de former officiellement le Club des Six. Nous promettons de nous aider, de nous protéger et de garder notre secret.*

— Et de jamais nous séparer, ajouta Michel avec ferveur en serrant les mains au bout des siennes. D'accord ?

— D'accord, dit Marsel-Claude.

— Que chacun jure », intima François.

Ils jurèrent avec grand sérieux. Les sœurs Hanni sautèrent de joie alors que François, Marsel-Claude et Michel restaient recueillis.

Lors du retour, Garcille s'approcha de François.

« C'est pas du pipeau, hein ?

— Non », répondit François.

Elle se retourna vers Michel pour lui répercuter la réponse d'un coup de tête. François les regarda avec de drôles d'yeux. Comme s'il avait avalé des champignons hallucinogènes. Comme s'il souffrait en souriant. Comme s'il souriait en souffrant.

22

L'aménagement du grenier de Nourrice leur prit un temps fou. Elle le leur avait proposé après les avoir surpris à grelotter dans leur lavoir. Cela lui permettait également d'offrir à Marsel-Claude un lieu, un repaire, un point de repère, tout à la fois proche d'elle et près des autres, une assise pour s'envoler vers un avenir forcément meilleur.

Après la rencontre de la Croix du Houx, Nourrice n'avait eu aucune nouvelle du corbeau qui lui avait dérobé lettres et photo et l'avait conviée avec Victor Côtel à ce bizarre rendez-vous. Elle y pensait parfois, cherchait, mais ne trouvait pas qui pouvait l'avoir provoqué. Rassembler les enfants chez elle, et notamment Marsel-Claude et Michel, devait aussi contribuer à réunir ces deux-là, à les habituer l'un à l'autre, dans l'hypothèse vraisemblable qu'un jour quelqu'un cracherait le morceau.

Les combles furent nettoyés à fond, particulièrement par les sœurs Hanni, assez portées sur le ménage comme maman. Roselyne et Betty maniaient tête de loup et paille de fer avec la dextérité de leur mère dont elles tenaient l'exigence de propreté. L'attrait soudain de Michel pour le lessivage des poutres ne répondait qu'à son envie de les chevaucher en équilibriste. François et Marsel-Claude, l'un architecte, l'autre artiste, envisagèrent l'ameublement et la décoration.

Michel chipa dans la grange paternelle deux tréteaux qu'ils durent traiter au Xylophène tant les vers y avaient fait souche, ainsi qu'une large planche de contreplaqué un brin gondolée qu'on transforma en table. Maryse leur abandonna trois tabourets partiellement dépaillés, une grosse cantine en bois d'okoumé que François reconnut comme ayant appartenu à son père. Placide y alla de son obole : deux pliants dont les dossiers portaient les couleurs d'une marque de vin de Bordeaux. Ils recouvrirent le vieux parquet d'un morceau de linoléum à carreaux blancs et noirs. Ils tendirent des dessus-de-lit aux chamarrures fatiguées, fournis par Nourrice, en guise de tentures pour cacher les lézardes des murs et se protéger un peu du froid.

François afficha le texte de la promesse à la poutre centrale. Les lampes de poche, des cordes, le cahier de réunion, des stylos Bic, tous les accessoires reconnus utiles aux activités du Club furent remisés dans la malle fermée par un cadenas à molette numérotée. François en composa le code secret : 1066.

« Hastings[5] ! » dévoila Marsel-Claude en lui coupant ses effets.

Un soir, Garcille alluma une bougie, coula de la cire sur une soucoupe pour y souder la chandelle, puis fit signe de l'attendre et s'éclipsa. La flamme, ballottée par les courants d'air, illuminait les visages par à-coups. La température demeurait basse, malgré les tentures et le radiateur à bain d'huile prêté depuis peu par Nourrice.

Marsel-Claude revint en marchant à reculons.

« Fermez les yeux. »

Les autres obéirent. Garcille se retourna puis posa son cadre sur la table.

« Rouvrez.

---

5. Bataille de Hastings (Angleterre), 14 octobre 1066.

— L'Île aux épines!» s'exclama Michel.

*

Marsel-Claude se transformait, marchait un peu moins de guingois, sa tête semblait moins haut perchée au sommet de son cou. De plus en plus proche de Michel, Garcille l'assistait lors des excès d'autorité de François.

Ils jouèrent, commirent des bêtises, rirent, se chamaillèrent, se retrouvèrent dans leur grenier, y dormirent même un jeudi de printemps.

Quelques «enquêtes» policières les accaparèrent. Ils partirent à la chasse aux mystères locaux qu'ils inventaient. Des villageois furent déclarés suspects lors de longues et complexes réunions de préparation. Soit parce qu'ils avaient des airs peu ordinaires, soit parce qu'on ne les connaissait pas, soit *parce que*.

Les Six s'imposaient alors d'en découvrir davantage. Ainsi, Michel dut-il entreprendre une filature à haut risque aux trousses de Malouki soupçonné d'empailler les chats. Les sœurs Hanni, que ces jeux rebutaient, assuraient au Q.G. le secrétariat des missions.

*

François, plutôt accommodant ces derniers temps, survint un jour d'une humeur de chien. Il s'en prit à Michel, seul dans le grenier. Celui-ci s'en inquiéta :

«T'es en colère? Pourquoi?

— Fous-moi la paix!»

Garcille arriva. François lui montra bonne figure. Mais, lors de la discussion qui suivit, il se plaignit du manque d'attrait de leurs récentes missions.

«Qu'est-ce que tu voudrais qu'on fasse? demanda Marsel-Claude.

« — Je sais pas, moi ! s'emporta-t-il. On devrait enquêter sur nos propres parents ! Tiens, lui, là – il désigna Michel –, il devrait se renseigner pour comprendre pourquoi il boit, son père. »

Garcille intervint sèchement.

« C'est pas correct ! Pourquoi tu dis ça ? »

Michel, couvé par Marsel-Claude, se sentit le cul entre deux chaises. D'un côté, François son modèle, qui semblait lui glisser entre les doigts, de l'autre, Garcille, dont il enviait l'instinct d'indépendance qui, à n'en pas douter, dissimulait une vraie force. Il balançait entre les deux, soucieux de n'en perdre aucun.

Finalement, pour épater François : il osa.

Il courut jusqu'à sa maison.

*

« Papa ? »

Victor se redressa. Son fils se tenait à deux mètres de la planche où le père repiquait de la porette[6]. Michel se dandina. Il hésitait.

« Qu'est-ce que tu fais ? demanda-t-il.

— Ben, tu vois pas ?! Va plutôt me chercher un arrosoir au lieu de rien foutre ! »

Michel n'avait pas envie d'offrir ce plaisir à Victor. Il ne venait pas ici pour ça. Un arrosoir d'eau ? Contre quoi ? Rien. Pas le moindre mot aimable, pas la plus petite causette, rien. Chez Victor Côtel, la figure était douleur, l'expression méchante. Chaque borborygme pesait du poids d'une lourde rancune.

Michel détestait son père. Là, dans le jardin, il le ressentit puissamment. Le dégoût monta. Les bras de Victor pendouillaient le long de son corps comme deux maigres chevrons cagneux en leur angle. Sa ceinture de flanelle l'enserrait telle

---

6. Jeune poireau.

une charpie. Des sabots à la casquette : un fagot d'os secs sous une étoffe de toile usée.

«Qu'est-ce que tu fais?»

Michel lui donna une dernière chance. Il attendit une réponse normale comme : «Tu vois mon gars, je repique de la porette. Tu veux que je t'apprenne?»

Une fois, une seule fois, Victor lui avait parlé presque normalement. Près des clapiers, il séparait de jeunes lapins, dégroupant mâles et femelles pour pallier toute prolifération intempestive. L'un après l'autre, il leur coinçait la tête entre ses genoux, puis leur soulevait la queue.

«Celui-là, il est comme Marsel-Claude, bouc et bique, j'peux pas voir.»

Michel avait rigolé. Son père aussi. Maigre butin pour une enfance qu'un commentaire sur le cul d'un lapin en guise d'éducation sentimentale.

C'était si différent chez les Labasle. Les après-midi de télé, sur le tapis du salon, il observait Maryse, ses ongles vernis, ses pommettes poudrées. Pierre lui parlait en feuilletant un périodique ou un livre. Il racontait aux garçons des histoires, des légendes, tout ceci dans l'ouate d'un foyer douillet où les paroles ne portaient aucune écorchure.

*

Michel revint dans le grenier en courant, l'empreinte violacée d'une main sur sa joue.

«Je l'ai fait! Je l'ai fait!»

Les sœurs Hanni, arrivées entre-temps, furent horrifiées par le visage tuméfié de Michel. Marsel-Claude caressa sa joue brûlante.

Michel hurlait :

«Je l'ai fait! Je l'ai fait! Je lui ai demandé pourquoi.

— Et alors? questionna François.

— Ben, j'ai pris une baffe, tiens. Mais c'est pas grave! C'est pas grave!

— Si tu recommences, je fous le camp», annonça Garcille en aparté à François.

Celui-ci, mutique, s'acagnarda auprès du radiateur.

✳

Vint la période «théâtre». Les cinq préparèrent une représentation pour les parents, dûment invités au moyen de cartes rédigées par les sœurs Hanni. François écrivit la pièce, Marsel-Claude réalisa les décors.

Nourrice, Maryse, Pierre, Solange et Placide s'étaient assis à même le plancher du grenier. De la poutre pendait une tenture en guise de rideau. Elle s'ouvrit pour le premier tableau.

François 1er, Prince de la Tonsure, régnait en maître absolu sur ses terres. Il soliloquait avec emphase sur la famine qui menaçait ses gens. Il était veuf. Ses deux jumelles, à ses pieds, se lamentaient de ne pouvoir nourrir le peuple. Le bouffon du prince, Michelius, un gnome bossu, lui chuchotait des conseils à l'oreille : semer de nouvelles graines venues des Indes, tuer les pauvres enfants et les dévorer, entreprendre un pèlerinage à Saint-Jacques-de-Compostelle. La situation était désespérée.

Fin du premier tableau.

Entracte. Distribution de parts de tarte confectionnée par Nourrice.

Deuxième tableau.

Réduits à porter des hardes, le Prince de la Tonsure et ses deux filles se partagèrent les dernières racines de rutabaga dans une unique écuelle. La grande sorcière, remarquablement interprétée par Garcille, tourbillonnait autour d'eux en criant des « ha ha ! » sardoniques. Elle proposa un marché : une récolte prodigieusement abondante contre le sacrifice du prince. Héroïque, celui-ci accepta malgré les protestations éplorées de ses deux jumelles. Il s'allongea sur le linoléum, et son bouffon, avec un étrange air de satisfaction, lui fit avaler une décoction à base de digitale. Le miracle se produisit ! Sous les haillons resurgirent les brocards, la sorcière ôta son masque et l'on vit scintiller les paillettes collées sur ses joues. Le prince se redressa dans un ralenti très travaillé. Apothéose au son du *Beau Danube Bleu* qui grinçait sur le pick-up de Nourrice ! Un cageot rempli de fruits et de légumes, achetés la veille chez Constantin, descendit alors de la poutre.

Les artistes saluèrent sous les ovations. Nourrice fut émue aux larmes devant la prestation de Garcille dont les yeux pétillaient. Les enfants furent félicités. Michel plus que les autres, vu qu'il était seul, malgré une tentative d'invitation lancée à sa mère par Nourrice lors d'une rencontre chez le Roumain.

*

Les beaux jours arrivèrent et avec eux, la fin de l'année scolaire. Roselyne, Betty, François, furent admis à passer en sixième. La rentrée les verrait demi-pensionnaires en ville, les filles à l'institution Sainte-Marie, François au collège public. Marsel-Claude et Michel en reprirent pour un an à l'école du village.

Les vacances d'été les séparèrent. Les Hanni partirent en Bretagne. Pierre embarqua Maryse et François pour un périple en Scandinavie.

Le Club des Six s'était dit au revoir lors d'une réunion dans le lavoir que les enfants fréquentaient de nouveau depuis le retour du soleil.

Le regard de François s'était attardé sur Michel, puis sur Marsel-Claude. Mine de rien, sans avoir l'air d'y toucher, avec une innocence de moins en moins lunaire, le corps ragaillardi à l'appel de ses chances longtemps enfouies, l'enfant, doté d'un talent, d'une imagination que François jalousait, le fascinait de plus en plus.

De temps à autre, Maryse répétait à son fils ne pas avoir de nouvelles de son père malgré ses nombreuses tentatives de le contacter.

« S'il s'était manifesté, je te jure que je ne me serais pas opposée à ce que tu le rejoignes pendant tes vacances.

— Je n'en ai pas envie », avait répondu François, à la grande surprise de sa mère.

23

Une nouvelle année scolaire s'était écoulée. Début juin, les cinq avaient fait leur communion solennelle ensemble.

À cette occasion, Marsel-Claude cachait toujours son mystère sous la même aube que les autres. Adrienne Côtel était venue seule à la cérémonie, tapie dans la travée des femmes. Son mari avait préféré la compagnie de Malouki et une série de muscadets chez le Roumain. Après l'office, Placide s'était risqué à y pénétrer. Il y avait entraîné un Pierre plutôt réticent. Le bistrot était bondé. Placide et Pierre s'étaient installés au bar, à bonne distance de Victor et de Malouki.

Il s'agissait d'une de ces rares occasions où le village prenait vie, où succédant au silence des journées ordinaires, une effervescence presque irréelle l'envahissait. Comme si, à la fin d'une guerre, des combattants sortis d'un hiver de tranchées se retrouvaient pour quelques heures d'armistice. On se revoyait, se reconnaissait, se touchait l'épaule, demandait des nouvelles, parlait des morts, s'offrait des tournées. Quelques jeunes gens, frères ou sœurs aînés des communiants, revenus de leur lointain exil pour la réunion de famille, regardaient le village avec leurs yeux des villes.

Victor baissa le nez dans son blanc sec en apercevant Placide et Pierre. Il grogna :

« V'là le marchand de picrate ! »

Le Roumain se dirigea vers eux, deux verres et une bouteille à la main.

« Monsieur, dit-il en désignant Placide, vous offre une tournée pour fêter la communion de vos enfants. »

Victor tendit le bras pour refuser. Malouki l'arrêta.

« Un coup gratuit, c'est toujours bon à prendre !

— J'ai pas besoin de ses cadeaux. Il est comme les autres.

— Alors, c'est oui ou non ? s'impatienta Constantin. J'ai autre chose à faire.

— C'est oui ! » acquiesça Malouki.

Placide observait la scène.

« M'expliquerez-vous pourquoi vous agissez ainsi ? lui demanda Pierre.

— Je ne sais pas trop moi-même. Il y a des jours où la *ternissure* de la vie nous empêche d'être heureux.

— Vous faites votre B.A. ?

— On peut dire ça. Ça n'allège pas la misère de celui qui reçoit ou si peu, mais ça ne fait pas de mal à celui qui donne. »

Il se tut. Pierre et lui sirotèrent leur apéritif. Leurs verres furent remplis à nouveau. Ils s'en étonnèrent. Le Roumain leur fournit l'explication.

« Victor a horreur d'avoir des dettes. »

Pierre était chiffonné.

« Pourquoi ne se rapproche-t-on jamais de ces deux-là ? Ils ont la peste ? demanda-t-il.

— En quelque sorte. On raconte – toujours la rumeur – qu'ils en ont fait des vertes et des pas mûres ensemble.

— C'est-à-dire ?

— Venez. »

Ils sortirent sous une petite bruine. Placide reprit :

«Ah! Les mystères mon bon Pierre. On est loin de la publicité faite autour du marivaudage entre Johnny et Sylvie, non? Mais restons sérieux, revenons-en aux faits. Victor a disparu au lendemain de ses vingt ans. Il n'est réapparu que quelques années après la Deuxième Guerre. On n'ignore pas que tout gamin, il a fricoté avec la sœur de Nourrice. On sait aussi que, après plusieurs décennies à vivre comme un asocial, il l'a revue. Qu'a-t-il concocté pendant tout ce temps? On parle d'armée, de prison, on raconte n'importe quelles calembredaines. Ce qu'on peut affirmer, c'est qu'il a ramené avec lui cet *épiphénomène* de Malouki. Voilà. Je n'en connais pas davantage. Ah si! La sœur de Nourrice décéda au début des années cinquante. Mais elle était, comment expliquer… zinzin!

— On ne sait vraiment rien d'autre?»

Placide toussota.

«Hmm… officiellement… non. »

Pierre n'insista pas.

24

Une nouvelle rentrée, un nouvel automne.

François réussissait à l'école un parcours sans faute. Les jumelles Hanni se collaient davantage tous les jours l'une à l'autre. Michel, particulièrement aidé par Pierre, bifurquerait vers le collège technique où il deviendrait pensionnaire grâce aux bourses obtenues par l'intermédiaire de Maryse. Marsel-Claude tapissait le grenier de dessins au fusain tout en suivant des cours par correspondance, également veillée par Maryse et Pierre.

Vaille que vaille, les cinq se retrouvaient dans leur local pour la réunion hebdomadaire avec un Dagobert vieillissant.

Sous l'action du temps, leur amitié se distendit. Leurs jeux devinrent moins nombreux, leur complicité moins dense, leur besoin de se réunir moins fort. La préadolescence et l'attention qu'elle requiert pour soi-même les éloignaient de leurs habitudes grégaires.

François côtoyait toujours Michel, mais seulement quand il en avait envie. Parfois, sans délicatesse, il le rejetait pour se consacrer, avançait-il, à de nouveaux amis, des camarades de collège qu'il visitait le jeudi ou en fin de semaine. Ses absences régulières, marquées du sceau du mystère – où se rendait-il vraiment ? – avaient au début contrarié Michel, mais il faut le reconnaître, de moins en moins. Certes, elles l'intriguaient quand même, d'autant que François en revenait toujours avec le visage fermé de celui qui éprouverait du tracas plutôt que du plaisir. Michel était persuadé que François cachait quelque chose. Pour toute réaction, il se réfugiait dans le grenier de Nourrice en compagnie de Marsel-Claude. Il regardait Garcille dessiner, lui passait les crayons ou les gouaches, lui nettoyait ses pinceaux.

Nourrice, les parents Hanni, Maryse et Pierre formaient maintenant un cercle d'amis très proches. Ils s'invitaient les uns chez les autres, tout d'abord pour fêter quelques anniversaires, puis, plus fréquemment, pour la simple joie de se côtoyer.

Pierre et Maryse auraient aimé se marier, d'autant que depuis quelques semaines, les amples vêtements de Maryse ne cachaient guère ce qu'elle tentait par coquetterie de dissimuler. Mais la chose demeurait impossible. Jean Labasle n'avait jamais donné signe de vie. Une procédure de séparation de corps courait et devrait aboutir. En décembre dernier, Maryse, enceinte et fatiguée, avait pris son courage à deux mains et était partie avec François pour un épuisant voyage dans le Sud afin de retrouver la trace de son encore époux, sans succès. Ils avaient erré autour de l'arsenal, questionné d'anciens voisins, osé une pointe au commissariat. François, totalement passif pendant le bref séjour, ne pipait mot.

*

Après beaucoup d'hésitations, Pierre s'installa à demeure chez Maryse et François.

Claudine naquit une nuit de mars. François n'avait rien laissé paraître, ni joie ni contrariété.

Nourrice fut marraine, Placide parrain. La tante de Garcille, dont les varices avaient presque disparu par la grâce des conseils de Pierre, s'était attachée à rajeunir. Elle soignait ses tenues, sa coiffure, s'efforçait même, mais sans trop de succès, de mincir. Elle avait accepté avec fierté de veiller sur Claudine pendant les absences de ses parents. Débrouillarde, généreuse, née pour être mère, Nourrice savait s'y prendre avec l'enfant. Elle la langeait en un tour de main, la laissait pleurer quand ça s'avérait nécessaire, la surveillait du coin de l'œil, lui parlait sans bêtifier.

«Il s'agit d'une petite bonne femme, disait-elle du bébé, pas d'une poupée!»

Marsel-Claude comprenait cela. Garcille n'avait encore pas enfilé de jupe ni de robe, mais les regards qu'elle portait à Claudine trahissaient sa féminité, guère visible puisque la nature avait renoncé à lui donner une ébauche de poitrine et que ses cheveux étaient toujours coupés bien court.

Nourrice était reconnue, écoutée, sollicitée pour ses avis jugés pertinents.

«Vous êtes un puits de bon sens», lui déclarait souvent Pierre quand elle le freinait dans ses délires médicamenteux lors desquels elle craignait de le voir empoisonner Claudine pour une bricole d'éternuement.

«Monsieur Pierre, accordez plutôt votre confiance à la nature, c'est elle notre mère, pas la science. Votre petite, elle a un rhume dans le corps, pas un Martien.»

Ce n'était pas tant son statut de médecin qui déclenchait l'admiration des autres pour Pierre que son aptitude non feinte à ne pas en faire état. Le destin des gens aisés n'était pas d'être simples et lui, il l'était resté. Il avait abandonné de sa mollesse ou celle-ci, plutôt, semblait s'être transformée en apparente décontraction.

Lors des discussions, Pierre était même devenu la référence, l'arbitre à l'élégance érudite, exagérément courtois tant ses points de vue étaient toujours policés. Mais il pouvait aussi se fondre dans l'instant, rire des remontrances de Nourrice et sourire des à-peu-près de Placide, faire mine de tonner pour une partie de cartes perdue, consacrer des moments de tendresse à Maryse.

Avec François, il s'efforçait de se comporter en comparse, ne se mêlant pas de ce qui restait du ressort exclusif de Maryse, à savoir ce qui relevait du domaine de l'intimité entre la mère et le fils. Il se contentait de se montrer de bon conseil, aidait François pour ses devoirs, rompait souvent face à lui pour ne pas lui offrir l'opportunité d'une rébellion. On parlait de lui dans le village pour entrer au conseil municipal, sa douceur et sa longue silhouette un peu dégingandée séduisant les dames, sa DS 21 impressionnant les messieurs. Hors la maison, il faisait autorité, ce qui, au-delà de toute considération d'ordre senti-mental, convenait à François qui entendait en recevoir quelques subsides en termes de notoriété. Pour le reste, pour l'essentiel : Pierre n'était pas son père. Et il ne le deviendrait jamais.

*

Maryse rentrait ses géraniums en raison du gel qui menaçait. François revint du collège. Pierre travaillait, Claudine ne tarde-rait pas à se réveiller. Elle embrassa son fils.

Ils entrèrent et marchèrent jusqu'au lit du bébé, dans la chambre de Maryse.

François plissa le front, prit sa sœur dans ses bras, posa une question :

«Pourquoi l'avoir appelée Claudine ?

— Ah ! Ça n'a pas l'air de te plaire ?

— Ça fait vieux, et puis ça me fait penser à Marsel-Claude.

— Claudine, c'est un des personnages que j'ai le plus apprécié dans mes livres de jeune fille, un personnage de Colette.

— J'aime pas.

— Comment l'aurais-tu appelée, toi ?

— Désirée ! C'est Nourrice qui dit ça ! »

Ils rirent.

Maryse s'efforça de deviner ce qui pouvait se passer dans la tête de son gamin. François ne paraissait pas souffrir de ne pas voir son père. L'absence de Jean Labasle, ou plutôt l'impossibilité pour Maryse de le localiser, l'angoissait de nouveau, sans qu'elle sût même pourquoi. Elle ressentait comme un danger latent. Elle en rêvait souvent. Il traversait les murs, se plantait devant elle, l'accusait, lui adressait des menaces et surtout, toujours en fin de cauchemar, lui arrachait un François heureux de le retrouver et de s'enfuir avec. Alors Maryse se levait, tremblante, entrouvrait la porte de la chambre de son enfant, constatait sa présence et, apaisée, rejoignait son lit.

Elle reprit sa fille dans ses bras. Elle osa un mot à son fils :

«Je n'ai toujours pas de nouvelles de lui. Tu en souffres ?

— Maman, il ne faut pas en parler.

— Mais comment expliquer ce silence ?

— Ça ne s'explique pas. Et puis, si je te donne mon avis, ça te fera du chagrin.

— Essaie quand même.

— Il se venge.

— En ne donnant pas signe de vie ?

— La preuve : ça te tracasse plus que moi.

— Mais c'est à toi qu'il fait de la peine, non ?

— Non.

— Tu me le dirais ?

— Non. »

*

La fin de l'automne vit l'achèvement de la construction de plusieurs usines de petite métallurgie bâties au détriment de cinq hectares de la Tonsure et qui poussèrent comme des champignons. Les sœurs Hanni, grâce à l'aide de leur père, furent autorisées à porter une jupe assez courte en velours orange sur des collants de coton bleu. Placide en rit, sa femme en grimaça. Maryse proposa à Garcille d'organiser une exposition de ses dessins et peintures à l'école. Michel ne passait chez lui que les fins de semaine pour apporter son linge à laver. Le Club des Six survivait vaille que vaille. Souvent, François s'irritait. Il devenait de plus en plus jaloux de Michel, trop proche de Marsel-Claude. Et il aurait aimé la voir en robe.

Mais là ne se situait pas l'épicentre de ses tracas. Il menait, depuis plusieurs mois déjà, une discrète entreprise, à la hauteur de son orgueil, mais également à la merci de sa maladresse ou d'un relâchement soudain de ses sentiments.

Il lui semblait parfois que les destins, le sien et celui des autres, pouvaient dépendre de lui et seulement de lui.

25

Vers la fin mai, le village s'était enfiévré pour une réjouissance assez peu ordinaire.

Ce jour-là, on fêtait la rénovation des vitraux de l'église. Après une grand-messe encore plus solennelle qu'à l'accoutumée, puisque concélébrée par le curé et l'évêque du diocèse lui-même, une kermesse au moins aussi majestueuse que l'office avait été soigneusement organisée.

Dès le point du jour, le soleil avait laissé percer son intérêt pour la manifestation en coloriant le village d'un fard de circonstance. Pouvait-il en être autrement alors que le curé, grand régisseur de l'événement, prévenant, avait envoyé son offrande au Bon Dieu, par intermédiaires interposées et spécialistes des bonnes œuvres météorologistes : les Clarisses. À ce modeste ordre de petites sœurs, le prêtre avait expédié une douzaine d'œufs, frais sortis des pondeuses locales, ainsi qu'on le fait depuis la nuit des temps pour obtenir la clémence céleste. Le rite avait du bon, puisque le soleil s'y conformait.

L'église sonna les deux coups de quatorze heures. La fête commencerait tantôt. Dans le champ clos jouxtant le presbytère, de généreux bénévoles – comme les appelait leur curé – mettaient une ultime main au rafistolage des stands, dans des tenues à peine allégées de leur solennité dominicale, la veste juste tombée, les manches de la chemise juste retroussées. Le chamboule-tout, le casse-bouteilles, les loteries, le billard japonais furent parés d'ultimes décorations, soit en provenance des bois ou des jardins, ainsi des branches, ainsi des fleurs, soit tirées de la réserve collective, ainsi des guirlandes, ainsi des cocardes. Les dernières gouttes d'huile lubrifièrent les carabines du stand de tir que tenaient ensemble Pierre et Placide. Maryse disposa dans la sciure les paquets pour la pêche à la ligne. Les enfants leur donnèrent la main, sauf François, bizarrement absent. Malouki, qui conduisait le petit train – un tracteur équipé d'une carène en carton suggérant une locomotive attelée à des carrioles en guise de wagons –, contrôla le gonflement des pneus. On afficha les prix, distribua les fonds de caisse, plongea les pains de glace dans les bassines en fer des buvettes. Lorsque tout fut paré, les regards se portèrent vers une cahute ressemblant à des W.C. de jardin où s'installa avec solennité le préposé aux entrées. Après avoir procédé à d'ultimes vérifications pour la forme, le guichetier ressortit de ses tinettes et, le pouce en l'air, donna l'autorisation de commencer. Alors, la plupart des dévoués fidèles – comme les nommait aussi leur curé – attendirent les premiers visiteurs.

Ils arrivèrent en une lente procession. En cette occasion singulière, le fait d'être présent ne suffisait pas. Il fallait aussi se faire voir pour ne pas encourir le soupçon d'absence, ce qui eût représenté une sorte de péché. Ainsi les premières minutes consistaient-elles à signaler sa venue, notamment en s'ingéniant à serrer les mains à ne pas manquer. Monseigneur l'évêque possédait la dextre la plus convoitée. Elle disposait du pouvoir de tatouer les fidèles d'une attestation de présence indélébile, certificat de bonne conduite chrétienne.

Le saint homme jouait son rôle de pape local avec bonhomie, tapotant les joues des marmots dont il félicitait les parents de la mine, embrassant les grands-mères remises à neuf pour la circonstance.

Une fois tamponnées du sceau ecclésiastique, les grappes familiales s'égrenaient, les solitaires se regroupaient, laissant leur place à de nouveaux quêteurs de l'onction tant recherchée. Seuls quelques adolescents défiaient l'étiquette, en se tortillant du plaisir que leur procurait cette entorse au protocole.

Ensuite s'instaurait la ronde autour des attractions. On s'approchait des stands, saluait les amis, échangeait un commentaire sur le temps. Puis, on tentait sa chance au chamboule-tout, au casse-bouteilles, à la roue de la loterie, au « lapinodrome », au tir à la carabine… Chaque succès valait une bouteille de Vieux Pape – quel clin d'œil ! – soit un peu moins que le prix de l'essai. Les vendeurs d'enveloppes « gagnantes », des enfants accrochés aux basques des badauds, les harcelaient jusqu'à ce qu'ils mettent la main à la poche. Ils récoltaient alors un des lots que d'autres avaient ressortis de leur grenier pour approvisionner le stand. Le troc réservait quelques surprises. Ainsi une grand-mère gagna ce qu'elle avait offert quelques jours auparavant : un saladier ébréché !

Ce n'était pas vraiment une fête, plutôt une lente promenade en nostalgie. Le père Madelon, dans sa longue blaude[7] grise, juché sur l'estrade centrale, la mine rehaussée de vermillon aux joues, racontait des histoires en patois. Personne ne l'écoutait sauf des vieux à qui les fariboles évoquaient des souvenirs. Ce n'était pas vraiment une fête, plutôt une occasion de se montrer magnanime, de dépenser un pécule calculé, juste ce qu'il

7. Blouse en grosse toile.

fallait pour participer à la rénovation des vitraux. Ce n'était pas vraiment une fête, plutôt l'occasion pour les habitants de se revoir, de se saluer, de se jauger. Et d'être rassurés. Le village vieillissait sans secousse.

*

La fête s'épuisait. L'après-midi se mélangeait au soir. Le ciel perdait lentement de sa lumière. Trois ivrognes se tapaient encore sur le ventre près d'une buvette sous le regard lassé des serveurs. Les derniers lanceurs de confettis larguaient de maigres gerbes à l'aveuglette dans l'unique dessein de vider leur sac.

Pour les organisateurs, l'heure arriva de plier boutique pour préparer le point d'orgue de la kermesse. À la nuit tombante se déroulerait la retraite aux flambeaux. Le départ du défilé se donnerait ici même à vingt et une heures précises. L'échéance supposait un imposant travail de déblaiement.

On s'y mit avec efficacité, dans des évolutions millimétrées. Les démonteurs démontèrent, les balayeurs balayèrent, les responsables surveillèrent. L'espace fut rapidement vidé de ses charpentes et de ses toiles.

Nourrice se sentit lasse. Elle lâcha son balai, le confia à une jeune femme à lunettes provisoirement désœuvrée. Elle la pria de l'excuser auprès des autres. Après avoir récupéré Marsel-Claude qui rêvassait au pied de l'estrade, elles se rapatrièrent en leur logis.

«Tu t'es bien amusée, Nourrice? lui demanda Garcille en lui prenant le bras.

— Oui, oui, répondit-elle. As-tu vu François et Michel?

— Michel, oui. Mais pas François, je sais pas pourquoi, il s'est carapaté depuis ce matin.

— Ça lui arrive souvent, non? Et puis, il paraît bizarre, non?

— Tu crois ? Euh… non… Mais on doit tous se retrouver pour la retraite aux flambeaux. »

❋

Le soir, les musiciens de la fanfare venus tout exprès du chef-lieu de canton étaient équipés de guêtres flambant neuves. La taille unique de leurs bérets bleus à cocarde tricolore transformait les plus chétifs en chasseurs alpins, les plus robustes en mercenaires parachutistes. Devant eux, les enfants brandissaient des flambeaux, les yeux grands ouverts sur les flammes tremblotantes.

Le défilé se tenait prêt à s'ébranler. La quinzaine de majorettes trop grandes ou trop petites, trop grosses ou trop maigrichonnes, s'ingénièrent à former un groupe qui ressemblât à une troupe. Leur cheftaine, l'intérieur des cuisses un peu velu, leur hurla de bouger mieux qu'à la répétition en ramassant son bâton lancé avec une vigueur exagérée. Les jeunes, dans une pantomime maladroite, obéissaient comme des chiots dressés.

Vingt et une heures. Le chef de la clique leva trois fois son clairon au bout de son bras. Les cuivres sonnèrent, les tambours tonnèrent, pas tout à fait en même temps. Un badaud résuma la situation en hochant sa tête d'expert en fanfares :

« C'est déjà pas si mal ! »

Sur son passage, le défilé aiguisa la curiosité des rares villageois restés chez eux. Des volets s'ouvrirent, quelques portes larguèrent des retardataires.

François, revenu d'on ne savait où, s'agrippait à sa torche et jonglait avec ses pieds pour attraper le bon pas. Michel survint enfin avec son flambeau, puis Marsel-Claude et les sœurs Hanni. Le Club se reconstitua l'espace d'une marche assez peu enthousiaste. « Tout fout le camp », pensa Garcille tout en prenant la main de Michel ; « C'est du passé mal rabiboché, mais tant pis, ça fait pas de mal. » Michel, lui, croyait encore à la résurgence de leur amitié qui pourtant battait de l'aile. Les sœurs Hanni riaient comme d'habitude, c'est-à-dire entre elles et sans raison.

Ils cheminèrent de concert.

La petite foule demeurait tiède et calme. Quelques dizaines de personnes piétinaient sans sautiller, formaient des farandoles apathiques, bouclaient studieusement le tour du bourg. Les couacs de la fanfare grimaient imparfaitement le silence.

Heureux d'avoir contrôlé à peu près correctement leur envol de canards, les musiciens se turent enfin, de retour à leur base. Les bébés majorettes retrouvèrent les bras de leurs parents. Leur cheftaine jura de faire mieux l'année prochaine.

François hésita, remisa son flambeau, regarda Michel, Marsel-Claude, puis de nouveau Michel. En plusieurs occasions, il avait failli ouvrir la bouche. Finalement, il décida de rester muet ainsi qu'il en avait été prié l'après-midi, comme les fois précédentes.

26

Le temps avait passé… Encore une année… Un nouvel été à venir…

Ce jour de coq au vin chez Nourrice, Maryse, Pierre et la famille Hanni sortirent promener Claudine. François les vit depuis le vasistas du grenier où il jouait au Mille Bornes avec Michel et Garcille.

«Tiens, le Club des grands a trouvé son Dagobert en la personne de ma sœur», rapporta-t-il aux deux autres.

Garcille tendit l'oreille. Elle avait remarqué que l'humeur de François avait de nouveau changé. Il se montrait nerveux, un peu soupe au lait. Il la regardait toujours avec tendresse, mais ses mains s'agitaient de mille façons. Parfois, pour un oui pour un non, il s'éclipsait.

Garcille se tenait aux aguets. François semblait désemparé.

Sur une idée de Pierre, les cinq camperaient quelques jours au domaine de l'Île aux épines. En moins d'un an, le temps, le progrès, le profit avaient fait leur office. Le vieux donjon avait été rasé, l'étang nettoyé et aménagé. Le nouveau propriétaire avait transformé l'endroit en un espace coquet, un motif de promenade pour les dimanches après-midi. Il était même devenu possible d'y accéder en voiture pour y déguster un rafraîchissement à la buvette jouxtant le camping.

Les enfants n'avaient éprouvé aucune nostalgie au projet de retourner sur les lieux de leur première aventure, d'autant que, tout comme leur passé et leur Club, ceux-ci n'existaient plus vraiment. L'Île aux épines était bel et bien morte.

*

Michel, pour une fois chez lui, regardait Nourrice s'agiter sur sa chaise. Face aux parents Côtel, à l'autre bout de la table, elle s'était assise en minaudant un peu pour dissimuler sa gêne. Adrienne avait réchauffé deux sous de café, puis sorti les tasses après un coup d'éponge sur la toile cirée. Lechien se mordillait un flanc eczémateux.

En guise d'introduction, Nourrice marmonna quelques banalités sur le temps, rapporta les dernières nouvelles du village. Adrienne lâchait des «ben oui» ou des «ben non» au hasard de sa méfiance. Victor avait enfilé un pull-over kaki sur une chemise élimée. Pourtant, il ne faisait pas froid. L'intérieur de la salle était imprégné de la chaleur du dehors.

Puis on passa à l'objet de la visite.

Nourrice insistait :

«Pour une fois que vot' gars partira en vacances pendant huit jours, vous pouvez quand même le laisser y aller!»

Elle ferma un pot de confiture pour le protéger des mouches. Elle continua :

«Surtout à deux kilomètres! Vous aurez qu'à imaginer qu'il part en pension.»

Victor Côtel jeta un regard à son fils.

«Oh! Mais il fait ce qu'il veut d'habitude. Fallait pas venir m'en causer. Je peux pas dire oui. Quand je sais pas, c'est pas pareil.

— Justement, y'en a assez, reprit Nourrice. Ton gamin, il vit comme un évadé, toujours caché. Et si, pour la première fois de ta vie, tu lui faisais plaisir, tu crois pas que chacun s'en porterait mieux ? Et toi l'Adrienne, t'en penses quoi ?

— Ben oui ! Mais c'est pas vraiment notre monde. »

Victor sauta sur l'occasion.

« Elle a raison. On aura toujours été des larbins et le gars aussi il en deviendra un, même si les autres lui font bonne figure. »

Nourrice se tourna vers Adrienne.

« Remets-moi un sou de café, faut qu'on cause. Toi, Michel, file donc faire un tour, Garcille doit traîner dans le plant. »

Lechien fila le train au garçon en geignant, le postérieur ankylosé.

Nourrice se cala sur sa chaise, se frotta les mains, les claqua, saisit sa tasse et but une gorgée.

« Bon. On est de la même époque, on est du même milieu, je suis pas plus riche que vous et je me prends pas pour la Bégum[8], d'accord ? »

Victor saisit une pincée de gros sel dans le fond de sa poche et se la glissa sous la langue.

« Et alors ? demanda-t-il.

— Alors je suis comme vous et vous pouvez me faire confiance si je vous dis quelque chose. »

Les Côtel ne répondirent pas. Adrienne, malheureuse de se retrouver inoccupée, se saisit d'une chaussette à repriser qu'elle enfila sur sa main.

« Eh bien, reprit Nourrice, moi je vous affirme que votre gars, comme la mienne, ils ont eu tout à gagner à sortir avec des gens différents de nous. Voilà. Que ça vous rende jaloux ou non, ça changera rien. Et puis, si madame l'institutrice et monsieur

---

8. Titre donné dans l'Hindoustan à l'épouse favorite du sultan et qui équivaut à celui de reine.

Pierre n'avaient pas été là, Michel, il serait encore au fond de la classe à gober les mouches. »

Victor renâcla, en fixant le bout de ses kroumirs[9] troués.

« Ça fait plus de trois ans que c'est comme ça. Ça nous a toujours passé dans le dos. Pourquoi que tu nous demandes notre avis, aujourd'hui ? »

Adrienne semblait d'accord. Nourrice perdit patience.

« Mais bon sang de bois ! Croyez pas que je viens ici par plaisir. Que je me mêle de ce qui me regarde pas. Mais quand même ! Michel a une chance inouïe de pouvoir s'en sortir. La moustache va lui pousser, des drôles d'envies lui monteront à la tête. Qu'est-ce qui arrivera si vous l'aidez pas ? »

Victor marmonna qu'il était l'heure de dîner.

« Il vous fuira comme la peste ! Voilà ce qui se passera. Vous l'aurez perdu, continua Nourrice.

— C'est déjà fait, remarqua Victor… et c'est pas forcément de notre faute.

— Ben oui », ajouta Adrienne.

Nourrice les fixa, les pria :

« Donnez-lui au moins une fois la permission d'aller avec les autres, une fois. Allez, un petit coup de charité, un petit coup de main, quelque chose qui ressemble à de la délicatesse, c'est pas possible ? »

De nouveau murés dans leur silence, les parents de Michel baissèrent la tête. Nourrice était désappointée. Elle n'attendait pas de miracle, pensait que sa démarche venait trop tard, qu'il aurait fallu préparer le terrain, mais elle espérait pouvoir encore colmater quelques lézardes entre les Côtel et leur fils.

---

9. Chaussons en basane.

La résignation de Victor et Adrienne à accepter que Michel les délaisse la turlupinait. Elle ne pouvait pas l'admettre, la trouvait anormale, inquiétante, lourde de présages malheureux. Sa bonne volonté en prit un coup. Elle essuya un moment de déprime, propice aux chevauchées des vieux tourments. Ce Victor-là, affalé sur sa chaise, n'avait plus rien à voir avec ce coureur des bois aux dents aiguës qui poursuivait les filles dans les recoins de la Tonsure ; sa peau était devenue flasque au cou. Son visage creux et pâle semblait sur le point de roter la mort. Alors, sans trop y penser, plus lasse que battante, elle osa, sans trop réfléchir :

« Confiez-le-moi si vous n'en voulez plus ! »

Nourrice réagit à sa propre phrase, y trouvant des raisons de se ragaillardir. Ainsi, ils réagiront eux aussi ! Ils la ficheront dehors ! Victor l'insultera ! Adrienne pleurera ! Bonne vieille colère espérée au coin du défi. Nourrice sourit, l'air madré, les bras croisés.

Adrienne s'était toujours interdit d'avoir des réactions à elle. Elle frémit toutefois en attendant celle de Victor, courbée sur son ouvrage. Son mari dodelina de la tête.

« Tu veux reconstituer la famille, grogna-t-il. Décidément, t'en perds pas une pour me mettre le nez dans ma crotte ! Ils le savent, eux ? »

Il tendait le bras vers le plant où devaient se trouver Marsel-Claude et Michel.

« Personne ne sait rien, répondit Nourrice, gênée par l'aveu de Victor qui l'avait prise de court, un œil sur Adrienne dont les mains tremblaient. C'est pas le sujet. Je voulais simplement vous voir réagir. »

Victor ne la crut pas. Il se tourna vers Adrienne.

« Qu'est-ce que t'en penses ? »

Celle-ci se leva et annonça très calmement, presque doucement :

«Bien sûr qu'il partira en vacances. Je vais lui préparer des affaires.»

À demi satisfaite, Nourrice les quitta, retrouva Michel et Marsel-Claude dans le jardin en train de manger des fraises.

«C'est bon, annonça-t-elle au garçon, tu as la permission.»

Michel l'embrassa goulûment.

Tourner autour du pot, c'est tout ce qu'elle avait réussi ! C'est Victor qui avait franchi le pas. Mais Adrienne n'avait pas dû entendre. La vérité : c'est plus facile à tuer qu'à faire naître. Comme la vie.

«Tu l'aurais laissé partir ? demanda Adrienne.

— Faut aller jusqu'au bout, répondit Victor.

— J'y suis pour rien, moi. C'est mon gars… Et puis… j'étais pas dans le bois !»

Adrienne avait osé, dans un sursaut rogue, la figure immobile. Elle avait profité de la brèche ouverte, sûrement pas innocemment, par son mari. Après, elle savait qu'elle n'oserait jamais plus. Victor réagit mollement. Il se frotta la barbe.

«Ah ! Tu sais ? joua-t-il.

— Depuis le début… T'as idée de ce que tu vas faire ?

— Pourquoi tu me demandes ça ?»

Il sembla soulagé.

«Parce que pour te faire pardonner, t'es capable d'un malheur», expliqua Adrienne.

Victor se servit deux tasses de calva coup sur coup.

«L'important, c'est qu'il s'en sorte, non ? s'enhardit-il.

— Si seulement tu disais vrai. Seulement une fois.»

*

Michel rentra chez lui assez tard. Son père était déjà couché. Son sommeil grignotait en permanence sur sa vie. La mère attendait son fils, chiffonnée dans son linge. Elle lui montra fièrement un pull rapiécé.

«Tu pourras l'emporter, au cas où le froid tomberait le soir… Tu dois nous prendre pour des moins que rien», glissa-t-elle sans sembler changer de ton ni de phrase. Elle sortit une assiette creuse pour lui servir une soupe.

«J'ai mangé chez François.

— Pour sûr, pour sûr…»

L'assiette regagna le placard dans le même mouvement.

«Tu t'y plais toujours? T'aimes Garcille autant que le François?

— C'est pas pareil, mais oui.

— Alors, promets-moi de l'aider comme ta sœur.

— Mais si c'est comme ma sœur, je pourrais pas me fiancer avec! remarqua Michel en riant. Mais je te promets.

— Qu'est-ce que tu me racontes là? T'es amoureux d'un garçon manqué?

— Je l'aime beaucoup, Maman. J'ai confiance avec elle.»

Adrienne fut saisie d'une angoisse telle qu'elle fut obligée de se cramponner à une chaise.

«C'est trop bête, ça doit venir du chaud du temps.»

Michel, troublé, chercha à tâtons la lampe à pétrole. Il la trouva sur le buffet et l'alluma avec son briquet.

«T'as un briquet? Tu fumes?

— Des fois, Maman, des fois.»

La lueur de la flamme accentuait la pâleur de sa mère.

«T'inquiète pas garçon, c'est la *vieillure*.»

27

Chacun dans sa voiture, Placide et Pierre attendaient au volant, leur femme à leur côté. Les enfants montèrent à l'arrière. Nourrice vérifia la fermeture des portières, Claudine dans les bras. Elle lui fit faire au revoir en agitant sa main.

Ils arrivèrent à destination en à peine cinq minutes. Le gérant du camping les accueillit de toute sa rondeur avenante. La présence de Pierre n'y était pas pour rien. Partout où il passait, il s'attirait des grâces exagérées. Il offrit une Craven à l'employé qui crut avoir fait l'objet d'une marque d'estime telle qu'il assura qu'il la fumerait le dimanche prochain après le repas, au calme, dans son fauteuil. Affairé, scrupuleux, il expliqua en détail les avantages à s'installer dans la partie du champ où le sol était assez dur sans être trop moelleux, l'ombrage suffisant sans être excessif, l'emplacement des toilettes impeccable eu égard à l'utilité de leur proximité en cas d'urgence, mais aussi de leur éloignement en cas de vent d'ouest un peu prononcé et, conclut-il enfin en clignant des yeux avertis, alors chargé d'odeurs.

Le matériel fut déballé, la tente montée, vaste parallélépipède bleu, à l'intérieur distribué en trois espaces égaux : deux cubes de toile jaune pour les chambres, de part et d'autre de l'entrée. Placide suspendit le garde-manger plein de victuailles à la basse branche du chêne voisin. Maryse, Pierre et les enfants finirent de gonfler les matelas pneumatiques. Solange s'assura que les affaires des filles étaient bien ensemble et au complet. Elle embrassa Roselyne et Betty plus gravement qu'à l'ordinaire. Le gérant apporta des bières et des jus de fruit. On les partagea, jasa, et on partit au grand soulagement des campeurs, enfin livrés à eux-mêmes.

*

À trois heures de l'après-midi, surpris de se retrouver seuls, les cinq éprouvèrent une telle gêne qu'ils cherchèrent, chacun de son côté, à masquer leur trouble par des attitudes faussement désinvoltes.

Lechien rompit le silence par son arrivée boitillante et souleva opportunément une admiration presque générale.

« Le Club des Six au complet ! cria Michel.

— Grandira pas celui-là », maugréa François en reluquant les jambes de Garcille, si oblongues et gracieuses lorsqu'elle portait un short.

Sans être tout à fait ordinaire, Garcille n'était définitivement plus anormale au sens où les médecins l'entendraient. Il lui avait simplement fallu davantage de temps qu'aux autres pour passer de l'ombre à la lumière, pour remettre à sa juste place le soi-disant malentendu de ses origines et sa futilité, pour le ranger dans les limbes de son enfance où elle ne craignait plus d'errer, en toute conscience, pour y puiser sa force. Depuis un an, elle s'était mise en tête de rattraper son retard scolaire. Non seulement c'était chose faite, mais il était probable qu'elle ne tarderait pas à prendre de l'avance.

François en était impressionné. Marsel-Claude éprouvait pour lui un sentiment mitigé, fait d'attirance et de méfiance.

Lucide, elle lui attribuait pour une grande part l'extraction de son cocon, par la chance de leur rencontre lors de la naissance du Club. Cette dette-là valait de supporter ses lubies et ses sautes d'humeur.

Depuis peu, Marsel-Claude, fine mouche, avait détecté une faille dans la cuirasse de François. Il souffrait de jalousie, la vraie, pas le fruit de ses caprices pour ce qui n'était ni de lui ni pour lui. Cela se voyait aux précautions inhabituelles qu'il prenait avec elle, assez gauches pour sembler sincères. Il saisissait la moindre occasion de la côtoyer, de la frôler. Et, en corollaire, ses efforts pour l'éloigner des autres, notamment de Michel, sans doute perçu comme un gêneur, constituaient autant de preuves sur lesquelles elle asseyait sa conviction.

Elle fut d'abord ébranlée qu'un garçon s'intéressât à elle – surtout François –, puis réconfortée par l'information ainsi donnée à sa féminité, propice à l'évanouissement d'ultimes doutes intimes. Rapidement, Marsel-Claude avait senti tout le parti qu'elle pourrait tirer de la situation pour le déstabiliser, car cela l'amusait de le perturber. Elle avait exagéré ostensiblement son attention pour Michel, lui avait parlé souvent à l'oreille, l'avait pris comme confident, l'estimait comme son allié, jusqu'à subordonner son avis au sien. La contrariété contenue de François l'avait fait franchement sourire. Après quelques tentatives d'éviction de Michel auxquelles Marsel-Claude répondit par de subtiles bouderies, il en avait été réduit à le ménager pour ne pas offusquer Garcille.

Épaulé par celle-ci, Michel s'était attaché à Marsel-Claude, sans que cela lui parût se produire au détriment de l'amitié de François. Il vivait depuis peu sur un nuage, propulsé hors ses misères familiales devenues secondaires.

Les sœurs Hanni avaient hérité d'un statut satellite. Elles se tenaient en marge, sur leur planète à elles. Leur fusion gémellaire ne faiblissait pas, au contraire. Leur interdépendance s'était même renforcée, au-delà de l'attraction naturelle pouvant lier deux jumelles, puisque chacune s'était rendue indispensable à l'autre. Entre elles, un partage surprenant s'était opéré. Roselyne, plutôt bavarde, parlait maintenant souvent pour deux. Ayant partiellement délégué l'usage de sa langue à sa jumelle, Betty, plus réfléchie, s'était emparée de la fonction de tête pensante. Ainsi, les idées partaient de l'une et leur traduction, fréquemment précédée d'un chuchotement de bouche à oreille, de l'autre. François était persuadé que leur identification commune au personnage d'Annie les avait conduites à cette extrémité. Il les moquait sur leur manie. Roselyne répondait qu'elle et Betty s'en fichaient.

Lechien survint après avoir boitillé longtemps pour rejoindre ses maîtres. Il eut droit à un bol d'eau fraîche servi dans la compassion générale. Félicité pour sa fidélité et son courage, il gesticula déraisonnablement pour ses vieux os. Après ce coup de frime, il consentit enfin à s'allonger sur un duvet à l'entrée de la tente.

✳

Le feu rougeoyait. La dernière voiture quitta le parking de l'Île aux épines, emportant les ultimes bruits dans son tuyau d'échappement.

Roselyne perça les saucisses avec une fourchette, Betty les disposa sur le gril, Michel étala les braises, Marsel-Claude remplit d'eau les gobelets en plastique. Sous la tente, François passait une veste de survêtement. Le vent d'ouest sentait un peu les toilettes. Le gérant ne s'y était pas trompé.

De petits geysers de graisse jaillirent bientôt des saucisses, crachant leurs gouttelettes immédiatement vaporisées dans de brefs chuintements au contact du feu.

Ils jouèrent à se sentir bien entre eux, puis, retrouvant un peu de naturel, le redevinrent. Les garçons héritèrent de la vaisselle et de quelques plaisanteries des filles. Ravivée par Michel, la flambée les rassembla, les rapprocha. La nuit toute noire se préparait à amplifier les appréhensions.

« Ça ne vous rappelle pas quelque chose ? souffla François.

— Le serment sur la plage ? questionna Garcille. Il faisait plus froid, on était plus jeunes.

— En tout cas, on l'a tenu et on est toujours ensemble, s'empressa d'ajouter Michel. Faudrait même… »

François lui coupa la parole.

« Se taire ! »

Il observa Marsel-Claude. Elle ajustait un pull-over sur les épaules de Michel, avec une précaution qu'il jugea exagérée.

« Tu le protèges ton chouchou, lui lança-t-il.

— T'es jaloux ? »

Roselyne l'avait dit sans méchanceté, d'une voix taquine.

La remarque toucha François de plein fouet. Il se sentit rougir. Affaibli par son trouble, vexé, à la merci des sarcasmes des autres, il bouillait du besoin de se rebeller pour ne pas perdre pied. Qu'il montre de la jalousie, soit, mais de Michel, certainement pas ! Il se retint de hurler. Humilié par l'image d'impuissance qu'il offrait, il lui aurait suffi de prononcer les mots, les mots tout prêts, vrais, durs, secs, choquants, pesants, lourds, martelés, renchéris par l'écho, ricochant jusqu'au fin fond de la Tonsure.

Il se leva brusquement, fiel en gorge. Alors, les quatre autres, serrés autour des flammes, lui parurent petits, chétifs, émouvants, fragiles. Marsel-Claude entrouvrit les lèvres. La tiédeur de son souffle embruma son visage. Elle devint chaude, protectrice, tant envoûtante que François se tut par crainte de rompre un charme pourtant douloureux.

Sa grogne se mua en mélancolie.

« Je me suis retenu ! Vous l'avez échappé belle, lâcha-t-il, faussement décontracté.

— Toi aussi, répliqua Garcille. Viens donc t'asseoir… Et si tu as mal, on y est pour rien. »

Elle lui offrit une place entre elle et Roselyne. Il s'y nicha, cherchant à comprendre par quel mystère Marsel-Claude pouvait viser si juste avec la fin de sa phrase.

Il avait mal. Bien vrai.

Ils n'y étaient pour rien. Bien vrai aussi.

28

Claudine éternua. La poussière voletait autour d'elle. Son lit, porté par Maryse et Nourrice, quittait la chambre de ses parents pour rejoindre ses autres affaires dans celle que son frère venait d'abandonner au profit d'une mansarde agencée sous les combles. Elle suivait les deux femmes en trottinant, agrippée d'une main à la robe de sa mère.

«Lâche-moi, voyons! Sinon on n'aura jamais fini.»

Claudine s'immobilisa, boudeuse. Elle opta de sucer son pouce pour endiguer sa moue. On remuait là-haut. Elle gravit à quatre pattes les marches menant au second. L'électricien soignait ses dernières épissures derrière la porte entrebâillée. Il achevait l'aménagement de la nouvelle chambre de François.

Claudine poussa la porte, radieuse d'avoir vaincu l'escalier interdit. Elle s'assit sur le parquet en gazouillant.

«Alors la fille, on m'espionne? Attention à ne pas te blesser avec tous ces bouts de fils et ces outils. Tiens, installe-toi plutôt dans le coffre de ton frère, tu y seras en sécurité.»

L'ouvrier prit l'enfant dans ses bras, ouvrit le meuble avec son pied et plaça Claudine dans un tas de peluches et d'autres jouets au grand plaisir de la fillette. Puis il se remit au travail en sifflotant *Capri c'est fini*.

Claudine déchira le dessin d'un Shadock en babillant, puis elle s'endormit, non sans avoir choisi au préalable un compagnon pour son sommeil. Elle élut Bagheera, plutôt que Shere Khan ou Baloo, qu'elle serra contre elle. Les trois peluches avaient été offertes à François par son père. Il n'avait jamais voulu sans séparer.

Prévenues par l'ouvrier, Maryse et Nourrice trouvèrent Claudine ainsi assoupie. Elles redescendirent dans sa nouvelle chambre, Nourrice portant l'enfant, Maryse la panthère. Le ventre de la peluche lui parut bizarrement efflanqué. Les doigts s'y rencontraient sans avoir besoin d'appuyer. Elle jeta un œil. Il avait été ouvert, en partie vidé, puis recousu avec des points à faire pester Nourrice : du travail de débutant.

Maryse, habituellement peu curieuse, attendit de se retrouver seule avant de fouiller l'abdomen de la panthère. Nourrice partie, elle prit des ciseaux, coupa le fil et en extirpa les cartes postales, les lettres et la photo.

∗

Les cinq dormaient à poings fermés. Michel, peu confiant dans son matelas pneumatique, en pinçait toujours la valve. François, à demi sorti de son duvet, reposait sur le dos, bouche ouverte.

Du côté des filles, Garcille n'avait pas réussi à s'assoupir. Après avoir assisté au pelotonnement des jumelles jusqu'à sourire de leur enchevêtrement, elle s'était relevée précautionneusement, avait jeté un regard sur les garçons en entrebâillant la tenture de leur chambre. La vue de Michel et François réunis par le sommeil l'avait rassurée. Elle avait éteint la lampe à gaz de l'entrée, faisant ainsi cesser la sarabande des insectes. Marsel-Claude regagna sa place, se mit en chien de fusil et s'offrit de se dessiner un rêve à l'aquarelle.

Une tache de bruit noir tomba sur sa feuille encore blanche. Elle sursauta. Le son semblait assez lointain. Comme des pas dans un fourré. Lechien ne bronchait pas. Marsel-Claude s'en étonna. Elle ne s'affola pas. Ses longues courses dans la forêt depuis son tout jeune âge lui avaient octroyé un sang-froid de trappeur. Elle se releva le plus discrètement possible, s'approcha à pas feutrés de la sortie. Là, accroupie, aux aguets, elle prit une torche posée sur la table pliante et la serra fortement.

Elle pensa au personnage du livre d'Enid Blyton, du rôle dont elle avait hérité. Claude aussi savait se montrer curieuse, décidée, voire intrépide, têtue. Lors des débuts du Club, Marsel-Claude s'était un peu identifiée à la cousine de François, Mick et Annie. Ça l'avait aidée d'emprunter les traits de son faux double. Maintenant, elle n'avait plus besoin d'une existence par procuration. Sauf pour les sensations de pur plaisir que le jeu lui apportait encore. Mais l'instant ne se prêtait pas aux souvenirs. De l'autre côté de la toile, elle entendit Lechien. Il devait se diriger vers l'endroit où le bruit venait de cesser. Marsel-Claude distingua le frottement de ses pattes arrière sur l'herbe : ses rhumatismes l'empêchaient de les soulever normalement. Le pauvre chien couinait discrètement sa douleur avec de petits jappements qui ne paraissaient aucunement provoqués par un quelconque effroi.

Un gémissement lointain lui parvint, un tout petit peu plus aigu que les autres. Comme si Lechien avait marché sur une ronce. En tout cas, le dernier aboiement fut déterminant. Le silence retomba sur le camping de l'Île aux épines.

29

Maryse, hésitante, s'était enfin décidée à évoquer sa découverte auprès de Pierre, de Nourrice et des Hanni. Elle les convia donc en fin d'après-midi.

Au préalable, elle avait lu et relu les lettres, regardé mille fois les cartes et la photo. Se rappelant les confidences de Nourrice, elle avait assez facilement procédé à des rapprochements.

Ce qui l'avait retenue dans son envie d'en entretenir ses amis, c'était la crainte que cela attirât des ennuis à son fils, surtout pour une affaire que, finalement, on pourrait enterrer puisque datant d'assez longtemps. Personne ne semblait s'en souvenir. En tout cas, nul n'en avait jamais parlé. Alors, à quoi bon ?

Dans le même temps, sa réflexion l'avait amenée à d'autres questions qui la tarabustèrent. Pourquoi ce silence autour de la naissance de Garcille ? Pourquoi ce mystère ? Pourquoi ne pas avoir réuni Michel et Marsel-Claude pour leur dire la vérité ? Qu'auraient-ils eu à y perdre ? Pourquoi ne pas avoir aidé Victor Côtel à redevenir « quelqu'un » ? Existait-il des fautes telles qu'elles méritaient à leur auteur un opprobre éternel ? Et Adrienne ? Laissée dans son coin à remâcher sa misère. Et eux cinq ? Leur égoïsme, la recherche de leur petit confort ? Et elle, elle-même, Maryse, si gente et si dame, si polie, généreuse. Pourquoi n'avait-elle rien entrepris ? Rien !

Elle venait de leur jeter tout ça avec beaucoup d'émotion, sans trop de précautions pour Nourrice qui faisait grise mine, l'embonpoint tout rabougri dans le fond de son fauteuil.

« Toi aussi tu savais ? »

Pierre exprima sa surprise à l'égard de Maryse. Nourrice coupa court à son étonnement.

« S'il vous plaît, Pierre, intervint-elle en tentant de s'extraire de son fauteuil décidément trop profond. C'est moi qui l'ai priée de garder le secret. »

Solange observait son mari. Placide réfléchissait calmement, son long nez dans sa tasse de thé… Enfin il se leva.

« Et alors ? commença-t-il doucement. Et alors ? »

Les autres le regardèrent avec désarroi. Il reprit, posément :

« Madame Labasle, je vous respecte. Madame Nourrice, je vous admire. Madame ma femme, je vous affectionne. Monsieur Pierre, je vous goûte. Quant à moi, je ne me tolère que parce que j'ai une grande qualité : une certaine… sapience pour choisir mes amis. Suis-je une crapule ? Sommes-nous des monstres ? Je vous le demande. »

Les quatre répondirent non de la tête en un parfait ensemble.

« Merci de votre acuité, elle vous honore… Alors ? Alors, commençons par nous faire confiance, fichtre ! Et, si vous me permettez un conseil, regardons les choses avec détachement. Tout comme une femme n'est jamais entièrement conquise, une cause n'est jamais complètement perdue… Nous – il insista sur ce nous –, nous n'avons sûrement pas nui beaucoup… Mais, je nous le concède, nous aurions pu faire davantage de bien… Là se pose la vraie question. Nous en reparlerons tout à l'heure si vous en êtes d'accord… D'abord François. François ? Il a mis à jour un secret. D'accord. Il ne l'a pas révélé. Il a jugé plus prudent de ne pas étaler sur la place publique une *épinarde* histoire. Et alors ? Lui en vouloir ? Mais c'est tout à son honneur ! Finalement : nous sommes comme lui. Et ce qui serait de la sagesse pour un enfant passerait-il pour un manque de *bravitude* chez un adulte ? Autorisez-moi à en douter…

— Vous vous montrez trop gentil, Placide, osa Maryse.

— N'en croyez rien.

— Avant que vous repartiez dans votre discours, sûrement beau mais pas toujours simple à gober, Placide, permettez que j'y mette mon mot.

— Je vous en prie, Nourrice.

— Ben voilà. Si j'ai rien raconté de l'histoire, à personne d'entre vous sauf à Maryse et je m'en excuse de l'avoir embêtée avec ça, c'est parce que j'en ai trop bavé, vous comprenez. Fallait le voir le Victor courir après ma sœur avec un fusil chargé de chevrotine pour la descendre comme une bête. Tout ça parce qu'il voulait pas de Garcille. Parce qu'il prétendait qu'elle finirait toquée comme sa mère. Je vous jure qu'il m'en a fallu du courage pour me mettre entre eux deux, puis pour protéger ma sœur jusqu'à la naissance de la petite. Après, quand la maman de Marsel-Claude s'est laissé mourir et que j'ai récupéré la gosse, Victor n'a pas bronché. Il devait avoir des doutes, ou des regrets, qui sait ? Mais pourquoi que j'aurais été lui raconter ça à la petiote ? Le fou furieux aurait pu se réveiller ! Et ma Garcille, pardon, mais c'est comme qui dirait ma fille. Des fois, je crois même que c'est moi qui l'ai faite. »

Nourrice s'interrompit. Les yeux abaissés, elle fixa la grosse chevalière à son annulaire. Des rides inhabituelles lui zébraient le front. On entendait les cuillers s'agiter dans le fond des tasses pour touiller un silence embarrassant. Les autres avaient honte.

Leurs mièvres états d'âme leur laissaient un arrière-goût d'anecdote, comparés au tracas de Nourrice. Elle enchaîna :

« Et puis, Victor, je croyais qu'il pouvait plus faire de mal. Il savait que je parlerais pas... Il s'était marié, il avait son gars. Alors, vous pensez si j'ai été surprise quand j'ai reçu la lettre, vous pensez ! »

Nourrice marqua une pause. Son visage se détendit.

« Excusez mon emportement. C'est pas malin pour une vieille bête comme moi. »

Elle renifla, écrasa d'un rapide coup de pouce sur sa pommette une larme qui coulait. D'autres perlaient. Solange s'approcha d'elle. Elle lui tendit un mouchoir.

« Remettez-vous, Nourrice.

— Vous tracassez pas. Ça soulage tant de pleurer. »

Elle écarta le bras de Solange.

« Laissez donc. Les larmes, c'est pas comme la pluie : peu importe où elles tombent, l'essentiel, c'est qu'elles sortent.

— On vous aidera, dit Pierre.

— Ah, mon gentil Pierre ! Vous n'y arriverez jamais davantage que vous l'avez déjà réussi. C'est grâce à vous tous que Garcille est enfin sortie de son enfer. Sans vous, je serais qu'une empotée. C'est grâce à François, à vos filles, à Michel. M'aider ? Je peux mourir. Elle est sauvée. »

Elle marqua un temps. Redevenue subitement fort civile après un gros soupir, elle se tourna vers Placide.

« Mais je vous ai coupé. À vous, je vous en prie.

— Quelle robustesse cette Nourrice ! Mais qu'est-ce que vous voulez que j'ajoute derechef et encore ? Que je regrette mes phrases toutes faites ? Nonobstant, j'ai un peu honte d'avoir péroré devant vous.

— Vous rigolez ? rebondit Nourrice. Vous et Maryse avez raison. Faut continuer. Si y'a deux sous de bonheur à fabriquer pour nos enfants, faut pas hésiter. J'ai pas réussi jusqu'à présent, mais ça ne fut pas faute de me le répéter. Tiens, pas plus tard qu'avant-hier, j'ai failli causer pour de vrai avec les Côtel. Je me sens prête à retourner chez eux. Quand vous voulez. Vous m'avez redonné de la force. Demain, oui, pourquoi pas ? Je lui dirai au Victor qu'on doit tout raconter aux gosses. Et s'il est pas d'accord, il aura qu'à bien se tenir ! Maryse s'il vous plaît ?

— Oui.

— Vous n'auriez pas un sou de café ? Le thé : ça m'assoupit. »

La décision fut prise de constituer le lendemain une délégation chez les Côtel.

« Ça vaut sûrement mieux comme ça, conclut Nourrice. Plutôt que les gamins l'apprennent par la bande. On sait jamais. Et puis, comme ça au moins, ça sera pas trop déformé. Mais, Pierre, vous qu'êtes docteur, vous pensez qu'ils seront contents les enfants ?

— De découvrir qu'ils sont frère et sœur ?

— Oui.

— Vous croyez qu'en étant médecin j'ai plus de compétences que vous pour le savoir ? Détrompez-vous !

— Vous êtes bien un homme, vous ! Quand il s'agit de donner un vrai point de vue sur un sujet sérieux : y'a plus personne ! Tout de même, le François, c'est un sacré matou. Il avait dû passer par le vasistas. Faudra que je le ferme. »

✳

« Maryse ?

— Oui Pierre ?

— Tu envisages d'en parler à François ?

— Peut-être après la rencontre de demain.

— Elle te fait peur, cette rencontre?

— Moins que François.

— Pourquoi?

— Il change. Quand je le regarde, j'ai l'impression de voir son père.

— Qu'est-ce que tu crains?

— Je n'en sais rien. C'est comme une ombre… »

30

Les sœurs Hanni étaient restées dans leur duvet. Michel et Marsel-Claude roulèrent la toile de l'entrée. François s'habilla à la hâte, les rejoignit, de fort bonne humeur.

« Je prépare le *petit-déj*. Du café au lait pour tout le monde ?

— Tu peux nous cuire du pain grillé ? » lui demanda Garcille.

Les jumelles sortirent la tête de leur chambre, s'attendant pour le moins à un grognement de François.

« Me faudrait un gril, répliqua-t-il obligeamment.

— Là, sous la table, lui indiqua Michel. Mais faut du feu.

— Je m'en occupe », répliqua François.

Il s'éloigna.

« Ben, qu'est-ce qui lui prend ? demanda Michel. Il a l'air heureux. »

Marsel-Claude haussa les épaules.

« Peut-être qu'il a décidé de le devenir.

— Faut du courage pour ça ?

— Fais pas l'idiot ! Comme si tu ne savais pas ! »

François avança vers les proches couverts. Il sifflotait. Il crut voir une souche qui barrait le sentier. Pourtant, la chose lui parut molle. Elle se trouvait encore trop loin pour qu'il pût la distinguer. Il avança de quelques pas. Non, ça ne pouvait pas être du bois. Plutôt un tas, un amas de terre peut-être. François s'arrêta, se baissa pour ramasser des brindilles, les yeux rivés sur la forme. Il s'assit sur ses talons, se balança d'avant en arrière. Dans son dos, Marsel-Claude et Michel l'attendaient. Ils constituaient l'essentiel de son passé dont lui, le tordu, le compliqué, le capricieux, n'avait jamais été complètement maître. D'arrière en avant, toujours en bascule sur les talons, il amplifia le mouvement. Devant, ça aurait dû être un avenir différent sans cette fichue tache. Mais la forme bombée n'était pas une souche ni un tas de terre. Elle avait dû vivre. Le futur devint laid, hideux. D'arrière en avant, en avant… Son mouvement s'écrasa. Sa tête gifla le sol. Un ouragan l'emporta, moulinets des arbres en folie, chavirage de nuages et d'ombres, le tout aspiré dans un tourbillon où fondit une coulée d'étoiles.

Les cris des autres l'éveillèrent. Il ne s'était pas trompé.

«Lechien est mort, Lechien est mort!»

Les enfants se précipitèrent et encerclèrent la dépouille de leur chien. Étendu sur le flanc, les yeux grands ouverts, le corniaud semblait serein.

Michel lui tenait les pattes avant. Il ne pleurait pas.

«Il faut l'empailler, il faut l'empailler. Qu'il reste avec nous tout le temps. Je le mettrai dans ma chambre. Hein Marsel-Claude, hein François, hein les filles?»

Les jumelles aidèrent François à se relever.

«Tu t'sens bien? lui demanda Roselyne.

— C'est pas le problème», grogna François.

Marsel-Claude enfonçait ses ongles dans les épaules de Michel.

«Tiens bon Michel, tiens bon!»

Passé leur stupeur puis leur excitation, les sœurs craquèrent. Instinctivement, elles se placèrent face à face, entonnèrent tristement leur comptine en se tapant dans les paumes. Leurs voix se cassèrent, leurs mains s'alourdirent, leur chant s'essouffla. Elles basculèrent l'une vers l'autre, se tressèrent les bras, nouèrent leurs corps jusqu'à ne former qu'un seul chagrin.

Michel se retourna vers elles.

«Pas pleurer les Annie, pas pleurer. Y'a un paradis pour les chiens. Hein François, hein Marsel-Claude?»

Michel était devenu tout raide, la nuque rentrée dans le cou, les yeux hagards.

«Ça va, Michel? s'inquiéta Garcille.

— Oui, oui.»

La voix de Michel se fit rauque et, comme animé par une conviction soudaine, il lança :

«Je suis sûr qu'on l'a tué! Pourquoi? Pourquoi on l'a tué?»

François s'approcha, observa avec attention le cadavre du chien.

«Pourquoi tu crois ça? Il n'y a pas une trace.»

Michel, obsédé par ses soupçons, se leva d'un bond.

«C'est l'un de nous : c'est sûr!»

Il marqua un temps. Puis il avança vers François, menaçant. François résista à la première poussée des mains de Michel sur sa poitrine.

«Hé, c'est toi! T'as jamais aimé Lechien! T'as jamais aimé personne! J'aurais dû me méfier avec tes grands airs!»

La seconde bourrade, plus violente, envoya valdinguer François sur Lechien. Il fut épouvanté par le contact avec le cadavre de l'animal.

«Crâneur! C'est toi hein? Jaloux!»

Michel se jeta sur lui. François ne ripostait pas. Marsel-Claude fit un signe aux sœurs Hanni qui avaient esquissé un geste vers les garçons. Michel serra la gorge de François.

« Dis, avoue ! T'as fait semblant de t'évanouir pour qu'on croie que c'était pas toi ! T'as toujours fait ton putain de cinéma ! Avoue ! Tu peux maintenant. Tout est foutu…

— Michel ! »

Garcille venait de se décider à intervenir. Pourtant, en d'autres temps, si les circonstances n'avaient pas été aussi tragiques, la rossée administrée par Michel à François l'aurait ravie. Michel desserra sa prise.

« C'est pas lui, affirma Marsel-Claude.

— Comment que tu le sais ? » demanda Michel, sans lâcher François.

Garcille était ennuyée.

« Je le sais, c'est tout, répondit-elle.

— Tu veux pas parler parce que tu protèges François. Mais tu sais rien. Tu mens ! »

Marsel-Claude ne supporta pas l'accusation. Elle saisit Michel par une manche.

« D'accord, je raconte. Mais ne me traite plus jamais de menteuse ! »

Michel se calma. Ils étaient tous éprouvés. Ils s'assirent sur le talus à l'écart de leur chien. Garcille parla :

« Cette nuit, je dormais mal. J'ai entendu des pas autour de la tente. Je me suis levée et j'ai attendu près de la porte. Dagobert s'est éloigné. Il m'a semblé qu'il se dirigeait vers le bruit. Puis j'ai plus rien entendu. Je me suis recouchée. Vous dormiez tous, je le jure. François aussi… Voilà… Peut-être qu'il a été tué par celui qui rôdait. », conclut-elle.

Michel plissa les yeux, fou furieux. L'idée lui vint à l'esprit, comme le redoutait Marsel-Claude.

«Alors, je sais qui c'est! Je sais qui c'est! *Il* voulait pas que je vienne! *Il* voulait pas! *Il* a jamais voulu que je reste avec vous! *Il* s'est vengé! *Il* a tué Lechien!»

Michel se dressa, empoigna le corps de son chien, le pressa contre lui.

«Restez là. C'est mes oignons! C'est mes oignons!»

Il recula en hurlant. Il glissa Lechien sous l'un de ses bras, opposa sa main libre aux autres pour les dissuader de le suivre.

«Venez pas. Je m'en occupe. C'est pas vos affaires!»

Il disparut dans le bois. François et Garcille n'hésitèrent pas longtemps. Ils se lancèrent à sa poursuite. Betty oubliant son mutisme, les jumelles crièrent ensemble :

«Et nous?

— Courez prévenir les parents! leur enjoignit François.

— J'en ai vraiment marre de ce Club!» s'exclama Roselyne.

«Moi aussi», pensa Betty.

31

« On prend les voitures ?

— Comme vous voulez. »

Placide et Pierre faisaient le pied de grue sur le trottoir en attendant les femmes.

« Vous savez, Placide, commença Pierre, j'ai comme l'intuition qu'on va mettre notre nez dans des tourments qui ne nous concernent pas. Comment vous expliquer ? Ça me gêne. Vous ne croyez pas qu'on devrait laisser au destin le soin de se dépatouiller tout seul de ce qu'il a emmêlé ?

— Je ne vous comprends pas, Pierre. Le destin, il est pour partie ce que nous décidons qu'il fût… serait… soit… oui, soit.

— Alors, pourquoi ne pas se taire ? Deviendra-t-il si différent et surtout moins agréable pour tout le monde ? »

Placide toisa Pierre d'un regard sourcilleux.

« Mais vous, vous n'avez rien à vous reprocher ?

— Oh, sans doute que si. Mais pas dans cette histoire…

— C'est vrai que vous ignoriez tout. »

Pierre demeura muet, gêné…

« J'en connais ce que vous m'en avez raconté le jour de la communion des enfants. Mais vous, vous en saviez plus ? » interrogea-t-il.

Placide embrassa le village de ses longs bras.

« Ici, tout se sait, mon vieux. Même les morts sont au parfum. Il n'y a pas de secret dans notre infime patrie. Il n'y a que des mutités… euh… concentriques.

— Que voulez-vous dire ? demanda Pierre, qui vraiment ne comprenait rien à ce charabia.

— Oh ! L'image est… entortillée. Pourtant, elle me plaît. Je m'explique. Enfin je tente… Le premier cercle, le premier silence, le plus au centre, c'est le noyau de l'histoire, c'est-à-dire Nourrice et Victor. Il s'est fissuré avec ou sans leurs divulgations et une deuxième couche s'est formée dont l'étanchéité n'a pas non plus résisté. Car de nouvelles indiscrétions se dévoilèrent, d'année en année, pour constituer autant de nouvelles couches. Je ne sais pas dans laquelle nous nous situons, mais sûrement pas dans la dernière. Qu'importe ! L'essentiel était préservé puisque les confidences ne remontent jamais vers leur source. C'est comme un fleuve, comme le temps… naturellement et en principe. Enfin d'ordinaire.

— Alors, Placide, à quoi bon entreprendre ce que nous allons faire ? questionna Pierre, désemparé par les explications nébuleuses de son ami.

— J'ai eu la même réaction que vous, mon vieux. À quoi bon ? J'ai la réponse. Permettez que je *perpétue* ma démonstration. Aujourd'hui, l'estuaire a rejoint la source… ou le serpent s'est mordu la queue… si vous préférez…

— Je crois que je vous vois venir, indiqua Pierre, sans conviction, mais dans l'intention de mettre fin à cet imbroglio.

— Hé oui ! Et ça change tout.

— Ah bon ! Mais tout ça, pour résumer : ce ne serait pas de l'hypocrisie ?

— Vous vous montrez dur, Pierre.

— Excusez-moi.

— Mais vous avez raison. Puis-je vous demander un service ?

— Volontiers.

— Ne parlez pas de notre conversation.

— Cela s'appelle faire partie du cercle ?

— En quelque sorte… Ah ! Voilà ces dames. »

Ils décidèrent finalement de rallier la maison des Côtel à pied, Nourrice ayant avancé que prendre l'air apporterait le plus grand bien à Claudine. Pierre, encore ébranlé par les leçons fort ambiguës de Placide, marchait bon dernier. Il tenait les secrets en horreur. Sa fille lui lançait des risettes depuis sa poussette.

Quelques villageois les virent passer en s'interrogeant du regard. Malouki, en faction devant chez le Roumain et vêtu d'un maillot de corps usé, jouait à en élargir les trous. Il se tordit vers l'intérieur du café.

« Hé, les mecs ! Y'a une procession. »

Quatre ou cinq buveurs se précipitèrent à la porte en se poussant du coude.

« Où qu'y vont ? questionna l'un.

— P'tet ben que Nourrice va demander son beau-frère en mariage ! suggéra un autre.

— Avec ses témoins ! » ajouta un troisième.

La plaisanterie les occupa cinq bonnes minutes.

32

« Victor ! »

Adrienne pestait contre son époux. Elle ne l'avait pas revu depuis le matin. Elle le cherchait pour lui faire essayer un pull bigarré qu'elle venait de terminer avec des restes de pelotes.

« Victor ! »

Il s'était éloigné vers le haut du plant. En l'attendant, Adrienne avait fini sa lessive.

＊

Betty et Roselyne butèrent contre la porte fermée de leur maison. Elles n'eurent pas plus de succès à côté, chez François. Alors, gagnées par la fébrilité, elles coururent vers le centre du village. Nourrice absente de chez elle, dépitées, elles s'en revinrent têtes basses et s'assirent sur les marches devant leur entrée.

« On est orphelines ? »

Malouki avait quitté le café et s'était approché, un verre de bière à la main.

« Je vous ai vu galoper comme des perdues. Vous avez un problème ? »

Betty chuchota à l'oreille de Roselyne.

« C'est vrai que tu sais empailler les chats ? demanda Roselyne au grand bonhomme qui se contorsionnait.

— Il paraît !

« — Mais c'est vrai ?

— Ma foi oui.

— Et les chiens ?

— Même les éléphants ! assura-t-il en battant l'air avec son bras en forme de trompe. Pourquoi vous me demandez ça ? »

Betty fit signe à Roselyne de parler.

« Lechien est mort !

— Lequel ? rigola Malouki en se tordant encore plus que de coutume.

— Lechien, le chien Lechien. On l'a tué. Dans la Tonsure, pas loin de l'Île aux épines. »

La surprise de Malouki chargea tout son corps d'une impulsion électrique.

« Le chien des Côtel ?

— Oui ! »

Il avala son verre d'un trait.

« Qu'est-ce que c'est que cette histoire ? Vos parents sont au courant ?

— Ben non ! cria Roselyne. C'est pour ça qu'on les cherche !

— Mais on tue pas les chiens ici, reprit Malouki. Je pars avec vous.

— Où ?

— J'ai comme l'impression qu'il s'en passe de belles ici. On est partis !

— Mais pour où ? insista Roselyne.

— Chez les Côtel. J'ai vu vos parents et leurs amis. Peut-être qu'ils y allaient.

— Mais toi, pourquoi tu viens ?

— J'aime pas qu'on tue les chiens. »

*

«Alors, on est d'accord. C'est moi qui cause, rappela Nourrice.

— Peut-être qu'un mot de Maryse avant…

— Non Solange, coupa Placide. Nourrice saura mieux leur *converser.* »

Pierre rattrapa le groupe.

«Mais comment vous leur présenterez ça ? » demanda-t-il à Nourrice.

Elle lui répondit sans cesser de marcher :

«Comme je le sens. On parle la même langue. Ça devrait pas être trop compliqué. Il s'agit que de conclure la paix. Pas de chichis, il s'agit pas d'une demande en mariage. Le Victor grognera, mais au fond de ses vieilles tripes, il se sentira sûrement soulagé. Quant à l'Adrienne, la jalousie la rancira pas ! Elle sera un brin choquée, mais Garcille, c'est pas du poison pour son gars. Si, si, tout ça c'est bon, très bon pour ma fille et pour Michel. Ah ! J'aurais dû m'y résoudre bien avant !

— Il ne faut rien regretter Nourrice, expliqua Placide. Les choses se font comme elles doivent se faire, et se défont comme elles doivent se défaire… et ainsi que de la suite…

— Tu parles d'une aventure, lança Pierre à Maryse, concentré sur la poussette qu'il avait peine à faire avancer sur le chemin cahoteux.

— Oui, on se croirait dans le Club des Cinq, répondit-elle, étonnamment allègre. Zut ! Des gouttes de pluie. »

∗

Dans la Tonsure, à quelques centaines de mètres au nord, Michel, à bout de souffle, se relevait d'une nouvelle cabriole, les genoux noirs d'humus. À chaque chute, Lechien roulait à terre. Michel se redressait, rechargeait son fardeau sans précaution, presque violemment, puis reprenait sa course. Il venait de se cogner la tête sur le pied d'une souche. Épuisé, il s'arrêta, posa son chien. Il se torcha le nez de la manche, parla à la dépouille :

« Je te vengerai, Lechien. Je te vengerai. Je le tuerai, mon père. Je le tuerai. T'inquiète pas Lechien. Même si je vais en prison. Il a fait ça pour me faire du mal. Mais tu y étais pour rien. Il a jamais pu supporter que je fréquente François et les autres. Y'a longtemps que je le sais… Peut-être que t'es pas complètement mort? Peut-être que tu fais l'andouille? Dis, fais voir que tu fais l'imbécile…»

François et Marsel-Claude l'épiaient, à l'affût derrière un bouquet de fougères.

33

Quand il avait trop bu, il arrivait à Victor Côtel de s'endormir n'importe où, au hasard de ses divagations. Adrienne l'avait déjà retrouvé affalé dans l'appentis ou vautré près des vaches dans l'étable, voire carrément allongé par terre dans le plant. Elle fit le tour des mulons[10] que son mari avait dressés pour protéger le foin de la pluie menaçante. Elle ne l'y trouva pas.

Elle rentra chez elle, replia soigneusement son tricot, le rangea dans sa boîte à ouvrage. Puis elle attendit que passe le temps. Elle était habituée à patienter, à ne rien espérer, assise sur sa chaise devant sa porte.

*

Ils arrivèrent presque tous en même temps devant chez les Côtel. Cela amena une immense confusion.

D'une part les parents, assez peu inquiets, presque guillerets. Placide avait mis fin aux derniers doutes des femmes avec deux révérences maladroites assorties de grimaces qui avaient provoqué leurs sourires. Pierre, toujours à la traîne, poussait Claudine.

D'autre part, les enfants. Michel luttait contre sa fatigue pour courir encore, son chien sur son cœur. François et Marsel-Claude le pistaient pour un final redouté.

---

10. Mot utilisé en Normandie : tas de foin ou «veilloches».

La comédie épousa-t-elle la tragédie? La légèreté le drame? L'arrivée de Malouki accompagné des jumelles ajouta-t-elle au désordre? Toujours est-il que les accolades masquèrent les questions, les surprises les peines. Ce ne fut pas que du bonheur, ce ne fut pas que du malheur : juste un drôle de mélange.

Adrienne Côtel ouvrit ses bras à Michel, puis se laissa embrasser par Nourrice dont la main attrapa Marsel-Claude. Maryse lui demanda, à elle et à François, pourquoi ils venaient là et ce qui arrivait. François l'expliquait justement à Pierre, en faisant une risette à la petite Claudine dans sa poussette. Quant à Placide, il contemplait ses filles enlacées par leur mère.

Effusions terminées, Malouki, que nul ne salua, s'accroupit aux côtés de Lechien. Michel passa de bras en bras, y compris dans ceux de François qui lui murmura un mot d'encouragement.

Maintenant, tout le groupe observait Michel. Adrienne en profita pour se glisser derrière son fils et lui caresser les cheveux.

«Dommage que ton père soit pas là. Lui, il saurait peut-être», avança Malouki.

Michel se rebiffa.

«Ah, sûrement qu'il saurait! Sûrement. La belle affaire!

— Pourquoi que tu te fâches?» lui demanda sa mère.

Les enfants se tortillaient, gênés. Pas un n'osait prendre la responsabilité d'évoquer les soupçons de Michel. Adrienne continua :

«Il est parti vers le haut du plant… puis je l'ai pas revu…

— Y'a longtemps Adrienne? questionna Nourrice.

— Oh! Deux bonnes heures.»

Betty parla à l'oreille de Roselyne qui la relaya à voix haute.

«Michel… bon, il en était pas sûr, mais il avait peur que ce soit son père qui…»

Michel fit mine de protester. Solange se montra outrée par l'audace de sa fille. Un rire de Malouki coupa court à l'incident naissant.

« Le Victor, tuer son chien ? Jamais de la vie ! Ou alors je m'appelle plus Malouki. C'est la *personne* qu'il aime le mieux au monde. Ah, non ! Tout, mais pas ça. Il était même plutôt malheureux de plus pouvoir l'emmener à la chasse à cause qu'il se baguenaudait toujours avec les gamins. Moi, je crois que votre clébard, il est tout simplement mort d'usure… vu son état. »

François, un peu pâle, intervint :

« Il faut retrouver Victor ! Il nous dira.

— Je peux si besoin vous aider, proposa Malouki. Je connais ses habitudes.

— Ça serait bien la première fois que je te remercierais, jeta Nourrice.

— Y'a un début à tout, répliqua Malouki. Il a une planque dans le coin. Il m'a souvent invité.

— Un coin pour boire, sûrement, se moqua Adrienne.

— Ça, pas pour prier ! C'est pas loin.

— On l'attendra ! La faim fait sortir le loup du bois, dit Nourrice.

— Non, faut y aller ! supplia François. Comme ça, on saura. Je t'accompagne, Malouki.

— Moi aussi, s'exclamèrent ensemble Pierre et Placide.

— Moi aussi, confirma Garcille.

— Moi, j'ai pas envie de le voir, j'enterre mon chien, avertit Michel.

— On t'aide, proposa Roselyne pour elle et Betty. Mais, tu veux pas que Malouki l'empaille ?

— Non, j'ai changé d'avis. Je veux qu'il reste vivant dans ma tête. Et si je le vois à la maison… ça sera pas possible.»

Les quatre femmes restèrent seules avec Claudine. Elles n'en profiteront pas pour parler de ce qui les avait fait se rencontrer. De ce que toutes quatre savaient déjà d'ailleurs. Depuis plus ou moins longtemps.

34

«C'est derrière la mare aux Boches, indiqua Malouki.

— La mare aux quoi ? interrogea Placide.

— La mare aux Boches. On en a noyé deux là-dedans pendant la Dernière. C'est sûrement pour ça qui y'a du poisson. Ah, ah!»

François et Marsel-Claude se poussèrent du coude devant la réaction pincée de Pierre, peu à l'aise.

«Vous voulez dire que vous…

— Moi et le Victor, oui. Il les a achevés à coups de croquenots. C'était pas trop propre. M'enfin! À la guerre comme à la guerre!»

Placide prit Malouki par la manche, pour une fois sans sa délicatesse habituelle. S'arrêtant, le bonhomme stoppa l'élan du groupe.

«Oh! Tu ne veux pas nous faire accroire que tu as fait de la résistance! Tu n'es même pas d'ici!

— Ni plus ni moins que toi! Ah, ah! Encore deux cents mètres.»

Prêt à repartir, il se ravisa. Il esquissa un début de biguine en basculant ses hanches.

«Bon, pas de cinoche. Vous m'aimez pas. Pas plus que le Victor. Oubliez ça. Croyez pas que je vous rende un service.

C'est pour Victor que je fais ça. Possible? Après on se recause plus. Juré. Ah, ah!

— Pour Victor… Mais pourquoi?» questionna Pierre.

Malouki le toisa.

«Bon d'accord, je cause. Ça tombe bien : j'en ai soupé de me taire.

— Les enfants peuvent ouïr? s'inquiéta Placide.

— Ouïr? Comme vous dites, oh, oui! Ouïr! Y'a rien de sale dans ce que je vous raconterai. Vous devez tous vous demander ce qu'un escogriffe comme moi peut fabriquer dans votre belle Tonsure? Eh bien, c'est ce soûlard de Victor qui m'a amené. Parce que cet ivrogne, il a du cœur pour ses amis, figurez-vous! Ça vous surprend, hein?»

Son auditoire se taisait au beau milieu du champ. Malouki dodelina de la tête. Il poursuivit en arrachant des herbes machinalement :

«Oui oui! On a fait l'armée ensemble. Puis des bêtises. Des grosses. Ah! Il est pas parti en Afrique comme certains le racontent. Non, je le redis, il a fait des… âneries, avec moi, à Paname. C'est autre chose, hein! Ah, ah! Puis de la taule. Des années! Des siècles! De quoi tomber fou. Quand on est sortis, on n'était plus que tous les deux. Si on s'était séparés, on serait morts chacun dans son coin. Alors il m'a ramené ici avec lui. Il a trouvé la cabane, à côté de l'Île aux épines. La Résistance, elle nous servait à assouvir notre rage. Et on s'est cachés long-temps, par honte. Il voulait plus entendre parler de son passé. Pourtant, il a manqué le retrouver, le temps d'une folie. Enfin vous savez… Pour pas que ça se reproduise, j'l'ai poussé à marier l'Adrienne une paire d'années après. Et puis, il devait reprendre place chez lui, dans sa terre. Moi, c'est pas pareil. Je suis de nulle part, c'est vrai… C'est un drôle de loustic. Comme il en veut au monde, il se montre méchant. C'est facile : il a qu'à boire. Mais au fond, c'est pas un mauvais cheval. C'est un gars qu'a pas eu de chance. Mais ça… y'a que moi qui le sais. Voilà. »

Il regarda Marsel-Claude et ajouta :

« Je peux pas jacter plus. »

Garcille fit une moue comme si la remarque de Malouki la laissait perplexe. Placide claqua des mains.

« Hop, on y va ! Mais pourquoi vous n'avez jamais soufflé mot ? »

Malouki écarquilla les yeux.

« Qu'est-ce que ça aurait changé ? Et puis, à qui je l'aurais raconté ? Faut avoir des amis pour parler. »

Le groupe repartit. Il contourna la mare, emprunta un chemin bordé d'ajoncs secoués par un petit vent mouillé. Appuyée sur un saule, une cabane en planches perdait les pelures de papier goudronné qui lui servaient de toiture. La porte ne tenait que par une seule charnière rouillée.

« Voilà le château, indiqua Malouki en montrant la cahute. Le Victor doit cuver comme un pape. Vous pensez, c'est plein de paille. Vous permettez que je l'appelle :

— Oh, le Victor ? T'es réclamé. Y'a du monde ? »

Les gouttes de pluie se densifiaient.

« Il y a une marée aujourd'hui ? demanda Pierre.

— Des reliquats, répondit Placide.

Les deux enfants se tenaient derrière les hommes. Marsel-Claude fixait l'orée de la Tonsure. Elle se tourna vers François.

« T'as l'air inquiet.

— Alors, on entre, oui ou quoi ! cria François.

— J'y vais, p'tit gars, j'y vais, t'affole pas », dit Malouki.

Il dut soulever la porte en planches pour qu'elle pivote autour de son unique gong. Il entra. Aussitôt, il hurla :

« C'est pas vrai ! Ça alors ! C'est pas vrai ! »

Malouki gicla dehors en braillant comme un fou. Il gesticulait, des brins de paille collés sur son maillot de corps. Il se précipita vers les autres.

« J'suis tombé dessus ! J'suis tombé dessus ! Je l'avais pas vu. Il est pas que soûl !

— Attends, calme-toi, laisse-moi regarder. »

Placide pénétra à son tour dans la cabane. Il poussa un juron inhabituel chez lui.

« Bon Dieu ! Oh, pardon ! Pierre venez vite ! Dites aux enfants de ne pas approcher. »

Pierre n'en menait pas large. Il dut se forcer pour rejoindre Placide. Garcille et François s'étaient figés. Seuls leurs regards bougeaient au rythme des sauts de Malouki qui courait en rond dans le champ en se tenant la tête entre les mains. Il se mordait les doigts en atomisant les taupinières à grand renfort de coups de pieds.

Pierre procéda à un rapide diagnostic. Le bastaing pourri où la corde avait été accrochée n'avait pas résisté au poids de Victor, pourtant pas bien lourd, et avait emporté dans sa chute une partie du toit. Victor portait des traces rouges de strangulation sur le cou. La corde usée l'avait entaillé de ses derniers fils. Cette blessure-là n'inquiétait pas Pierre qui s'attardait plutôt sur les profondes estafilades provoquées par les énormes clous de six pouces dont l'un soudait encore le bout de bois à la tempe de Victor.

« Il est sous… "anesthésie", avertit-il Placide en vissant son poing fermé sur son nez.

— Mais, pourquoi… ?

— Après, les questions, après, répliqua Pierre fermement. Il est loin d'être hors d'affaire. »

Il dégrafa la ceinture de Victor.

✳

Deux jours passèrent et Victor mourut au plus profond d'un océan de silence.

Nourrice aida Adrienne à laver et habiller le défunt.

« On le reconnaît pas. Il a jamais paru aussi propre, constata Adrienne en contemplant avec satisfaction le résultat de leur travail.

— Qu'est-ce qu'il en pense, le Michel ? demanda Nourrice.

— Rien, comme tout le monde. Et c'est mieux comme ça. »

35

Le maigre convoi mortuaire s'ébranlait vers le cimetière. Le ciel instable, soumis aux facéties des restes de marée, hésitait dans le choix de sa couleur : le gris succédait au bleu dans le même quart d'heure.

Le percheron du père Poret clopinait en tête. On dut faire appel à lui en raison d'une panne de la 403, camionnette municipale qui remplissait d'habitude l'office de corbillard. Le bruit de ses sabots sur le goudron précédait celui des roues ferrées de la charrette sur laquelle reposait le cercueil. Il était orné d'un unique bouquet de fleurs des champs, celui cueilli par Malouki.

Hors celui-ci, les enfants, leurs familles et le curé, seules suivaient trois vieilles chandelles, fidèles abonnées des enterrements.

Adrienne et Michel marchaient au premier rang. La veuve Côtel n'était pas moins courbée ni plus en deuil qu'à l'ordinaire. Le changement qui s'opérait en elle ne se laissait pas encore voir. Elle enfouissait de temps en temps le nez dans son mouchoir, mais les caprices de la météo devaient y participer pour beaucoup. La destinée de Victor ne lui semblait pas injuste. Elle y pensait un peu au Victor, à son avenir dans l'au-delà. Mais seulement furtivement, entre deux projets immédiats : vendre la ferme pour en tirer un petit quelque chose et s'installer enfin au village, se rapprocher de Nourrice, trait d'union avec le monde, avec les autres. Elle avait un peu envie de sourire et s'étonnait du sentiment de malice qui l'animait. Elle éprouvait juste un peu de scrupules à se sentir davantage soulagée qu'affectée. « Seigneur, je veux pas grand-chose : une bonne dizaine d'années à vivre encore avec mon gars, vraiment avec. Et puis ne rien dire pour Garcille, ne rien dire. Elle avait pas besoin de ce père-là. »

Michel avait beaucoup pleuré. Confusion opportune, les morts simultanées de Victor et de son chien ne permirent pas aux témoins de sa peine de certifier l'origine de son chagrin. En dépit de l'insistance de Garcille, qui se référait à l'opinion de Malouki sur le décès non suspect de Lechien, Michel n'était pas convaincu de l'innocence de son père. Il suivait donc, au bras de sa mère, un coupable possible. Cela lui donnait la force d'un détachement supplémentaire dont il n'avait pas vraiment besoin. Il n'avait jamais aimé son père. Il ne lui manquerait pas, sauf, peut-être un jour, pour affûter une faux ou soigner la patte d'une vache.

Ensuite venait le rang des femmes, toutes portant mantilles noires. Nourrice souffrait de ses pieds gonflés, trop à l'étroit dans ses chaussures. Son passé lui revenait en boucle. Elle était la seule à voir en Victor un enfant qu'on emmenait vers sa dernière demeure. Ses pensées vagabondaient vers le début du siècle. Sa sœur, sa rivale, y bécotait son Victor derrière une haie, juste avant que la photo où ils figuraient tous les trois ait été prise. À cette époque, les espérances de conquête amoureuse ne s'étendaient guère au-delà des hectares voisins où poussaient de rares garçons. Alors quand on en tenait un ! L'avait-elle aimé le Victor ? Qu'est-ce que ça peut faire maintenant ? Et si, ça fait. Autrement, pourquoi aurait-elle soudé sa peine avec celle de sa sœur lorsque l'homme avait disparu ? Plus de vingt ans de souffrance à attendre. Attendre quoi? Attendre qui? Enfin, aujourd'hui qu'il est mort, soyons franche! Attendre avec l'espoir qu'il aurait changé d'avis. Il reviendrait, toquerait à la porte, la casquette entre les mains. Il dirait : «Voilà Nourrice, j'veux plus l'autre, c'est toi que je viens chercher.» Mais non. Certes on l'a revu après la fin de la guerre. Mais il a sauté sur la sœur, l'a engrossée d'un enfant de l'absence, du manque, dans la frayeur, dans la folie. «J'ai pas eu l'homme; j'ai eu sa fille. Dieu me pardonne, mais ça a été sûrement moins dur que si je les avais vus heureux tous les deux. Maintenant qu'il est parti, faut rien dire. Garcille, elle est à moi. À moi toute seule. Au fond, tout est parfait comme ça.»

Maryse regardait ses escarpins s'imprégner de l'eau des flaques, brossait sa veste en suédine tachée au coude. Elle ne se sentait pas à l'aise dans sa peine discrètement endeuillée. Son désarroi ne provenait pas de ces obsèques pour lesquelles elle offrait le visage tenaillé par une autre douleur, la sienne propre. Le décès de Victor l'attristait moins que les causes qu'elle venait à soupçonner. Voilà son angoisse. Suicide? Puisque le constat médical en attestait : soit! Puisque Pierre s'était montré formel : bon! Puisqu'il s'avérait courant, dans ce pays perdu, qu'on usât de la corde : ainsi soit-il! Mais ce geste, si l'on se forçait à ne pas se contenter des méfaits de la fatalité, qui en l'occasion avait bon dos, devait masquer un réel désespoir, tout autant silencieux que ce monde dans lequel elle vivait, elle aussi, en se taisant.

Solange s'inquiétait des regards portés par Maryse sur ses escarpins. Elle jetait un œil sur les siens et regrettait ses bottines.

Derrière les femmes suivaient les hommes.

Placide paraissait sincèrement affecté par le drame. Pourtant, l'acte de Victor ne le surprenait pas vraiment. Il avait remarqué que les paysans se suicidaient souvent. Au contraire des Parisiens, lui semblait-il. À la réflexion, il esquissa un sourire. Puis un deuxième un brin caustique lorsqu'il se rendit compte de l'évidence. Lui aussi était du pays! Confondu le Parigot! Empêtré dans les racines de la Tonsure. Comme tous les indigènes. Receleur de secrets et d'histoires. Taiseux. Certes, la forme gardait toujours son élégance, l'enveloppe restait racée, l'accent pointu demeurait intact, mais à l'intérieur? Pourquoi n'avoir jamais parlé ni rien fait qui eût peut-être pu empêcher le drame? Il connaissait les tourments de Victor, les origines de Garcille, non? Était-ce en vertu du sacro-saint devoir de respect des affaires *privées* des autres? Ou de la pudeur, de la discrétion, du savoir-vivre? Oh non! C'était simple, bien plus simple. Il n'avait rien fait, car il ne le pouvait pas. Un secret échangé entre deux portes, ici, on ne peut le considérer que comme le fruit d'une confession. Et une confession : c'est motus! Voilà tout, s'avoua Placide, je suis devenu bigot! Il se moquait de lui-même et s'efforçait d'en sourire.

Pierre suivait. Pierre poussait Claudine endormie dans sa poussette. Pierre regardait en haut, en bas, à gauche, à droite. Pierre semblait chercher à comprendre. N'y parvenait pas. Pierre aimait Maryse. Acceptait François. Était reconnu et apprécié de tous. Ne donnait pas prise aux critiques. Proposait sa voiture aux dames. Disait oui quand il le fallait. Ou non quand cela s'imposait. Pierre était cultivé, gentil, compétent, amoureux, allergique au secret mais respectueux des confidences, fait pour fonder un foyer, une association, une famille, les… présider, les gérer. Pierre suivait. Pierre ne comprenait pas.

Malouki portait un chapeau melon, un nœud papillon, une chemise à col cassé. Il ondulait. Ses mains brassaient l'air comme à la recherche d'une grosse caisse qui rythmerait sa complainte feulée. Son regard était noyé dans les cieux. Lui, il s'était forgé son opinion sur la mort du Victor. La nuit où Garcille avait entendu des bruits de pas non loin de la tente, il ne lui semblait pas impossible que Côtel, ivre, se fût approché du camping. Peut-être pour récupérer son chien. C'est sûrement pour ça que le vieux cabot n'avait pas aboyé. Il avait flairé son maître. Et puis, au moment où ils s'étaient retrouvés, Lechien, dans son triste état, tout malade et tout affaibli, avait dû claquer dans les bras de son propriétaire, pourquoi pas de surprise. De là à penser que c'était pour ça que le Victor s'était pendu...

Malouki n'en écartait pas l'idée.

Les autres enfants formaient le dernier rang. Betty et Roselyne, tout comme leur mère, regrettaient leurs bottines.

Marsel-Claude et François cheminaient, la tête dans le futur.

*

Dès la fin de l'enterrement, François s'éclipsa de chez le Roumain où tout le monde se remettait de ses émotions devant un bon café. Il s'assura plusieurs fois qu'il n'était pas suivi. Il prit la direction de la ville, courut jusqu'au carrefour des Trois Chênes. Une fois sur la nationale, il fit du stop. Un marchand de bestiaux, intrigué par l'urgence des battements de bras de François, arrêta son camion. François y monta en jetant un regard derrière lui. À peine quelques mots échangés sur le temps qui n'était pas de saison et il sauta du véhicule à l'entrée de la ville. Il prit un bus près du château, en direction de l'avenue de la Gare. Le car passa devant son collège, laissa le champ de courses sur sa droite, obliqua vers le centre-ville. François regarda sa montre. Dix-sept heures, jeudi. Pas de problème : c'était le jour et l'heure.

Il descendit en face du café du Terminus. Un train venait de déverser son lot de voyageurs. Les portes des taxis claquaient, des parents embrassaient leurs enfants. François se sentit seul. Il eut envie de repartir, se reprit. Il traversa les voies de chemin de fer en courant pour ne pas se faire pincer par les employés. Le raccourci l'amena tout de suite à proximité du port. Il enjamba la passerelle qui séparait le canal du bassin de plaisance, emprunta le troisième ponton.

36

François arriva enfin. Les voiles du bateau n'avaient pas encore été amenées. Il s'agissait d'un voilier acheté d'occasion, un Labrèque de 1953, en orme et acajou, d'une longueur de six mètres cinquante, doté d'une grand-voile et d'un génois.

Des caisses de ravitaillement étaient entassées sur le pont. François respira un grand coup. Il posa le pied sur la passerelle du bateau.

Son père vint à sa rencontre, grand, beau, le teint hâlé, les rides apparemment striées dans le sens du bonheur.

« Je t'attendais, annonça-t-il. Tu es ponctuel. Bravo ! Tu m'accompagnes en bas ? »

Ils descendirent dans la cabine où vivait son père depuis de longs mois.

« J'aimerais partir avec toi…

— Assieds-toi à côté de moi, mon gars. J'ai deux ou trois choses à t'expliquer. »

François s'installa sur la banquette, se glissa sous le bras de son père et l'écouta.

« Tu vois, comme tu me l'as raconté, Victor Côtel est mort d'être revenu et de ne pas avoir su repartir. Ce n'était sûrement pas un méchant homme. Plutôt un… une espèce d'animal sauvage, un loup blessé… parfaitement inapprivoisable. Revenir et rester firent son malheur et le malheur des siens.

— Mais tu n'es…

—… pas Victor Côtel, je suis d'accord. Mais je suis au moins aussi tordu que lui. J'ai été fou, tu le sais, j'ai souvent eu l'occasion de te le rappeler depuis qu'on s'est retrouvés. J'ai eu de sales bestioles d'idées plein la tête, comme anéantir ta mère d'une manière ou d'une autre et contrarier, voire interrompre son bonheur. Je t'ai fait souffrir également… »

✳

Peu après le départ précipité de Maryse et de François, la mécanique du lieutenant Jean Labasle s'était détraquée : vertiges, acouphènes, crises de panique, insomnies. Son inconscient s'était désagrégé, déchiqueté. La honte absolue pour un officier de l'armée française. Et le refus qui s'ensuit d'accepter cette charogne de capitulation. Pourtant, le monstre s'était bel et bien glissé dans ses entrailles. « Dépression » avait diagnostiqué le médecin-major. « Inacceptable », pensa le reste de Labasle qui surnageait en lui. « Trois mois d'arrêt maladie » prescrivit le toubib, « et vous avalerez tout ça ; sûrement des séquelles de vos guerres ». Bien sûr les séquelles des combats. Cela paraissait moins dégradant que les conséquences d'une humiliation personnelle.

Il était seul, sentait ses forces l'abandonner, las, courbatu, fourbu de l'intérieur.

Peu à peu, tout effort lui parut superflu. Il n'éprouva aucune raison de résister à ses propres ruades. Il fit corps avec sa fatalité. Il s'y amalgama. La dépression déferla en avalanche. Ses lèvres s'humectèrent de fiel, ses yeux de brume, sa peau de sueur. Les stigmates accoururent. Il hébergea ses parasites comme un chien tolère ses puces parce qu'il est chien, clébard pelé, dogue mou, molosse édenté. Les puces ne laisseraient la place aux asticots que lorsque la bête serait morte. Il s'imaginait, grouillant de vermine. Le spectacle de son corps qui ignorait avec superbe, dans sa paix retrouvée, sa perforation par mille vies putrides, le fascinait.

Jean Labasle dut quitter l'armée et, nanti d'une pension substantielle, s'installa dans une baraque de l'arrière-pays.

Et, pour les quelques mois, les quelques années à venir, il avait pris sa décision : celle de disparaître.

Maryse, sans aucune nouvelle et vite découragée d'en obtenir, s'angoisserait forcément. Elle craindrait à tout instant de le voir survenir et exiger son fils. De quoi pourrir la vie de son épouse, lui occasionner des cauchemars. Se cacher, se dissimuler, s'escamoter, ça permettait aussi d'éviter toute rencontre avec ceux qu'il avait peur de revoir, d'affronter.

En attendant que la lumière jaillisse en lui, voilà quel serait à peu près son futur.

Il vivrait comme un braconnier, un voleur de poules. Il se cacherait, attendrait le crépuscule pour acquérir quelques emplettes, puis se réfugierait dans sa maison. Il passerait des jours à siroter de la Suze, à la cuver en l'additionnant de pilules, à dormir, à espérer, à désespérer. Il conjuguerait le bien et le mal, tricoterait une vengeance compliquée que sa raison de mâle blessé s'échinait à lui suggérer sans le convaincre totalement.

Il fit progressivement la nique à sa furie. Il osa la côte, la mer. Il bronza comme un Parisien. Il se baigna des heures durant. L'eau le dénouait, le lissait, le pénétrait, le purifiait. Souvent, il nageait loin, au large, ôtait son maillot, faisait l'amour à la mer. Il s'offrait des apnées profondes et langoureuses, séjours bienfaisants aux réminiscences utérines.

Son silence, ce fut sa paix. Un complice de l'oubli peut-être. De part et d'autre du silence, sur ses deux rives, les vies se reforment, les sentiments repoussent, un peu de traviole comme la queue du lézard, les rancissures de l'âme s'atténuent, de nouvelles passions se tricotent. À quoi bon tenter de déterrer ce que le silence a enseveli ?

✳

Et un jour vint où il se porta mieux. Alors, il prit la route.

Il osa avancer sur le chemin, vers là-haut, se rapprocher, non pas de Maryse – pour elle l'oubli devait rester de mise –, mais de François qui lui manquait.

C'était l'été.

C'était l'heure.

C'était mieux.

Moins de pilules.

Un équilibre est à venir.

Jean Labasle partit.

Beau, mince et encore un peu fou d'un désespoir bienfaisant.

✳

Maintes fois François s'enfuyait du collège, devoirs accomplis, avec une pêche du tonnerre de Dieu, tout excité par ce fichu secret qu'il était le seul à connaître. Il profitait alors des deux heures de liberté avant de rejoindre sa mère, mais aussi de quelques longs moments les jeudis, le samedi après-midi ou le dimanche, au prétexte de rencontrer des copains de classe. Sa mère, bouche cousue, l'attendait pour le rituel du dîner dont la première louche de soupe tombait dans son assiette aux premières notes de l'angélus de sept heures.

Depuis leurs retrouvailles, François brûlait toujours d'envie de rejoindre ce foutu père. Dans cette envie, pas de sentiment définissable, mais de l'envie d'envie, une décoction d'envie.

D'autant que Jean Labasle s'était mis à la voile. Quelques semaines lui suffirent pour passer le permis hauturier et avoir son voilier en main. François l'accompagnait souvent dans ses sorties en mer. Le temps d'à peu près tout se dire, de partager enfin des heures et des mots.

37

Jean Labasle continuait de se confier à son fils :

« Comme je te l'ai déjà révélé, après votre départ, deux ans de silence et de soins m'ont permis de me relever et c'est pour ça que je t'ai recontacté. Maintenant, là, aujourd'hui, ces derniers mois, tu me vois, tu m'as vu, euh… beau. Beau ! N'exagérons rien ! Enfin potable, fréquentable, présentable. Mais je ne le suis pas. Je ne le resterai pas. Impossible, j'ai trop peur. J'ai trop peur de moi. Parfois, je sens que je flanche. Je ne m'accorde aucune confiance. Je te l'ai toujours affirmé, n'est-ce pas ? Dans ma fichue caboche, tout reste encore confus. Je ne suis pas vraiment sûr de dominer mes émotions, mes sentiments, mes accès de violence. Je t'ai offert le pire des exemples. Je ne m'aime pas trop. Disons que maintenant je me supporte, grâce notamment à l'aide que tu m'as donnée en ne me laissant pas tomber, et que je te demande de me donner encore. Il faut que tu acceptes que je parte. Je le fais pour moi, pour toi, pour nous. Absent, je te manquerai sans doute. Tu éprouveras peut-être des regrets. Tu auras peut-être de la peine. Moi aussi. Mais nous vivrons en paix. Ici, la guerre nous guetterait, nous tendrait des fichus pièges. Je veux absolument t'épargner ma présence. C'est triste, ce que je te raconte, non ? Mais, pour une fois, peut-être la première de ma vie, je suis sûr de moi.

— Je voudrais devenir comme toi, Papa.

— Oh, Bon Dieu! Pas question! Et c'est aussi pour ça que je pars. Mon garçon doit pouvoir se fabriquer à l'écart de son père. Ne me prends pas pour une référence, pour un exemple à suivre. Tu ne seras ni moi ni un autre. Tu seras toi, tu comprends?

— Est-ce que je pourrai en parler à maman?

— Je ne sais pas… Je ne crois pas qu'il faille prendre ce risque. Mais je n'ai pas d'arguments à te donner. Ah si! Un seul, mais il est d'un égoïsme à rougir. Je n'ai pas envie de partager ce secret-là avec d'autres que toi. Tu vois, j'ai la rancune tenace. »

Son père se pencha maladroitement vers François. Ils s'étreignirent. Aucun des deux ne pleura. Jean Labasle se força à plaisanter:

« Allons, Labasle! Reprends-toi! L'heure est arrivée! »

Il se désagrafa douloureusement de son fils, le tint par les épaules, le regarda.

« Oh mon gars! Je me sens heureux que nous éprouvions de la tristesse. Ça signifie que notre décision est la bonne. »

François acquiesça en rassemblant ses forces pour ne pas flancher.

« Maintenant c'est l'heure, reprit Jean Labasle. Je pars avec mille regrets et une seule certitude. C'est dans l'absence que tu pourras m'aimer, seulement dans l'absence. »

François mit un pied sur la première marche de l'escalier. Une hésitation, puis il sortit.

*

À peine éloigné du bateau, il défaillit. Deux mains le retinrent, lui évitant ainsi de tomber à l'eau.

C'était Garcille. François, trop bouleversé, n'en fut même pas surpris. Ils s'assirent à l'écart, sur un banc de pierre, non loin d'un coin de pelouse bordé par un massif de sauge.

«Mais, mais… qu'est-ce que tu fais là? réagit enfin François.

— Quand je t'ai vu partir comme un fou après l'enterrement, j'ai eu comme une intuition, et puis un peu d'appréhension. J'en ai ras le bol des malheurs. Alors je suis venue, au cas où. Ça a dû être dur pour toi, non?

— Comment le sais-tu?

— Avec Michel, il nous a suffi de te suivre pour savoir…»

François ne répondit pas tout de suite. Il hésita quelques secondes, puis se tourna vers Garcille.

«Dur? Oh, pas si dur que pour toi… et pour Michel.

— T'inquiète!» répliqua Marsel-Claude.

Et Garcille raconta à un François effaré comment Michel avait escaladé le pignon de la maison de Nourrice pour y dérober les lettres, les cartes et la photo. Et comment, pour vérifier ses soupçons, pour connaître enfin la vérité des origines de Marsel-Claude, il avait provoqué ce rendez-vous de la Croix du Houx entre son père et Nourrice, rendez-vous auquel il convia Garcille.

«Il se cachait dans un fossé. Et moi aussi! Après, tout ça nous a donné de l'énergie et du courage.

— Mais pourquoi vous n'avez rien dit?

— C'était pas à nous de commencer, conclut Garcille. Et la force nous est venue toute seule, rien que grâce à nous… Mais, toi non plus, tu n'as rien raconté. Parce que tu savais, n'est-ce pas?»

François sourit.

«Oui, je savais… Vous n'aviez qu'à ne pas cacher tout ça dans ma peluche. Parce que, si j'ai bien compris, c'était vous deux, non? Michel et toi.»

Garcille se remit très vite de sa surprise.

«Euh… Oui! On trouvait ça drôle qu'éventuellement on te soupçonne.

— Pourquoi?

— Je t'en voulais un peu; je ne t'aimais pas trop… Mais, comment as-tu découvert?

— Oh! Par hasard. J'avais vu l'écriture de Victor chez lui, sur ses feuilles d'heures. J'ai une bonne mémoire et je n'ai pas eu du mal à faire le rapprochement avec celle des cartes.

— Et tu as tout remis dans la peluche?

— Exact!

— Et tu n'as rien dit non plus!

— Exact!

— Pourquoi?

— Parce que je croyais, j'espérais que derrière tout ça, il y aurait du mieux un jour. À condition de résister, bouche cousue. Parler : c'est souvent nul et inutile.»

Garcille posa son doigt sur la bouche de François.

«Regarde.»

L'écluse s'était ouverte. Les voiles emportaient le bateau sous un grain un peu vif. Silencieusement.

«Se taire revenait à supprimer son mauvais passé. C'était très bien comme ça, conclut-elle. Tu es d'accord?»

Elle tendit la main à François.

«Alors, tope là?

— Tope là!»

Ils se levèrent, firent quelques pas. «Et puis, je suis sûre qu'il reviendra», murmura Garcille. François esquissa un sourire.

REMERCIEMENTS

L'auteur tient à remercier :

Sabine Barbier qui fut d'une aide précieuse et amicale pour l'écriture de ce roman.

François Porcheron qui eut la gentillesse d'offrir la photo de première de couverture.

RETROUVEZ TOUTES NOS PUBLICATIONS
SUR LE SITE INTERNET DES ÉDITIONS

WWW.EDITIONSDELAREMANENCE.FR

IMPRESSION : BOOKS ON DEMAND, GMBH
WORDERSTEDT, ALLEMAGNE
DÉPÔT LÉGAL : MARS 2017